有光

—— 要有光！——

短歌是我，悲伤的玩具

石川啄木短歌集

［日］石川啄木／著

韩钊／译

GUANGXI NORMAL UNIVERSITY PRESS

广西师范大学出版社

· 桂林 ·

图书在版编目（CIP）数据

短歌是我，悲伤的玩具：石川啄木短歌集 /（日）
石川啄木著；韩钊译. —— 桂林：广西师范大学出版社，
2025. 6（2025.9重印）. —— ISBN 978-7-5598-8135-9

Ⅰ. I313.24

中国国家版本馆CIP数据核字第20251PD244号

DUANGE SHI WO, BEISHANG DE WANJU:
SHI CHUAN ZHUO MU DUAN GE JI
短歌是我，悲伤的玩具：石川啄木短歌集

作　　者：（日）石川啄木
译　　者：韩　钊
责任编辑：彭　琳
特约编辑：李　晴
装帧设计：几　迟　汐　和 at compus studio
内文制作：陆　靓

广西师范大学出版社出版发行

　广西桂林市五里店路9号　邮政编码：541004
　网址：www.bbtpress.com
出版人：黄轩庄
全国新华书店经销
发行热线：010-64284815
北京启航东方印刷有限公司印刷
开本：889mm×1260mm　　1/64
印张：5.25　　　　字数：100千
2025年6月第1版　　2025年9月第2次印刷
定价：38.00元

如发现印装质量问题，影响阅读，请与出版社发行部门联系调换。

一

崭新的洋装书
纸香气扑鼻
我一心只想要钱

一

太过自知也是悲哀

远在函馆的郁雨宫崎大四郎君

同乡挚友文学士花名金田一京助君

　　谨以此集献给两君。我已将我的全部尽数剖白于两君面前，亦坚信两君对此集中之歌所知为最多。另取一册供于亡儿真一灵前。此集之稿本，在你出生那天早晨交予书肆，此集之稿资，已化作你曾服下的药饵。如今，我在火葬了你的夜里读着它的校样。

　　　　　　　　　　　　　　　　　著者

目 录

一握砂

自爱之歌

1.

东海小岛岸边的白砂上

我泪流满面地

与螃蟹嬉戏

2.

怎么也忘不了

那个连泪水也不拭去

给我看一握砂的人

3.

离家出走了

打算独自面对大海

一连哭上七八天

4.

徒手掘砂丘的砂

掘出一支

锈迹斑驳的手枪

5.

暴风雨来了一夜

筑成这座砂丘

是什么坟茔吗

短歌是我，悲伤的玩具

6.

匍匐在砂丘上

遥远地想起

初恋的刺痛的一天

7.

对横在砂丘脚下的一支流木

左顾右盼

试着讲点什么

8.

窸窸窣窣

握紧时就从指间落下

无生的砂的悲哀

9.

沉重的

吸饱了泪水的一团砂

泪水是沉重的

10.

在砂上

写下一百多个"大"字

放弃了死，回家去

11.

醒了也不起床

儿子的怪癖何其可怜

母亲勿要责备

12.

一块土和着流下的口水

画作哭泣母亲的简笔像

想来也觉得可悲

13.

我在没有灯火的房里

父亲母亲拄着杖

从墙中走出来

14.

玩闹着背起母亲

却因身体太轻哭了出来

还没走出三步

15.

你这飘然离家

又飘然归家的脾性呀

朋友笑言道

16.

像故乡久咳的父亲一样地

咳出声来时

害怕自己也病了

17.

我的哭声在少女们听来

大概像病犬

对着月亮嗥叫

短歌是我，悲伤的玩具

18.

不知哪里传来轻轻的虫鸣声

这样的不安

今天也是一样

19.

感觉像被幽暗的洞穴

吸走了心一样

疲惫地入睡了

20.

要是有能让我

愉快进行的工作就好了

做完再去死

21.

在拥挤的电车角落里

瑟缩

傍晚，傍晚时可怜的我 [1]

22.

寂寞的心

混进了浅草夜的喧闹里

又混出来了

23.

想割下爱犬的耳朵

这可怜的

倦怠了万物的心

---

[1] 此时啄木在报社上班，本首抒发的是下班时在拥挤的电车里的
忧郁心情。（本书注释皆为译者注）

24.

拿起镜子

尽可能做出种种怪脸

在哭累了的时候

25.

眼泪眼泪

实在奇妙

用它洗过，心就变得轻佻

26.

听到母亲愕然的话

才反应过来

我正在敲碗

27.

卧在草中

什么也不想

把粪拉在我额头的鸟儿翱翔在天上

28.

我的胡须下垂

令人恼火

像一个我近来讨厌的人

29.

森林深处听见一声枪响

唉唉

杀死自己的声音多么悠扬

短歌是我，悲伤的玩具

30.

耳朵贴在大树干上

花了小半天

抠剥坚硬的树皮

31.

"为这点事就去死？"

"为这点事就活着？"

别吵了！别吵了！

32.

偶然也有

这样的心平气和

连座钟报时听着都有意思

33.

忽然感到深深的恐惧

呆立片刻

静静地摸了摸肚脐

34.

登上山的最高处

无谓地挥了挥帽子

又下来了

35.

某处有一大群人

好像在抢着抽签

我也想来一根

短歌是我，悲伤的玩具

36.

每次生气

准会打碎一个碗

打完九百九十九个就去死

37.

总在电车里碰到那个

小矮个，眼光凶狠

最近介意起来

38.

来到卖镜子的店前

忽然一惊

我走路的样子真寒酸

39.

没来由地想坐火车

却不知道

下车后该去哪儿

40.

有时我闯进人家空门

抽一根烟就走

唉，只是想自己待会 [1]

41.

平白无故

只因寂寞就出门的人

我已经当了三个月

---

[1] 此时啄木在出租公寓屡屡因为付不起房租遭房东白眼，急切地
    希望能有独处的空间。

42.

像把炽热的脸颊

埋进柔软的积雪

想这样恋爱一次

43.

可悲的男人

有着太多

不知足的利己念头

44.

在房间里

把手脚平摊满地

又默默地爬起来

45.

毫无理由地

打了个大哈欠

像刚从百年长眠中醒来一样

46.

最近总揣着两手

心想

大敌，在我面前跳出来吧！

47.

遇到了一位据说非同寻常的男人

手很白

而且大

短歌是我，悲伤的玩具

48.

想试着愉快地称赞别人

已经厌倦了利己之心的

寂寞

49.

一到下雨天

家人个个都黑脸

还是晴天好

50.

以从高处跃下的心情

了却这一生

有这种好办法吗?

51.

近日来寄宿于我心的

悔恨之情

让我笑不出来 [1]

52.

我这听到阿谀

就恼火的心性啊

太过自知也是悲哀

53.

怀念起过去

敲陌生人家的门

然后逃走取乐的事

---

[1] 本首创作于"大逆事件"发生之后，啄木在此悔恨一直以来对革命置身事外的旁观态度。

54.

像非凡之人一样行事

其后的寂寥

简直无可比拟

55.

每次去他面前讲话时

就对他高大的身体

感到憎恨

56.

他把我看成

对现实百无一用的歌人

我向他借了钱

57.

听到远处的笛声

我流泪的理由

一定是因为低着头吧

58.

这也说好，那也说好的某人

我真想要你这样的

松弛感啊

59.

把死当成常备药

心痛时

就想喝上一口

短歌是我，悲伤的玩具

60.

路边的狗打了个漫长的哈欠

我也模仿它

因为羡慕它

61.

认真地拿竹竿打狗的

孩子的脸

我觉得很好

62.

发电机低沉的嗡鸣

令人愉悦

啊，我也想这样说话

63.

性格诙谐的朋友

遗容上绀青色的疲惫

还留在我眼前

64.

给性情易变的人做事

深深地厌倦起

自己的生活来

65.

像龙一样

跃入空空的天上又消逝的烟

我怎么也看不够

　　短歌是我，悲伤的玩具

66.

愉快的疲倦啊

连气也不用喘

工作完成后的疲倦

67.

装睡和假哈欠

是为什么呢?

为了不让人看透心事

68.

停下筷子时才突然想起

终于

我也习惯这个世界了

69.

一大早读到

早已过了婚期的妹妹写来

情书似的信

70.

我感觉到

沉重的，像吸饱水的海绵一样

沉重的心情

71.

去死吧，去死吧

沉默地对自己生着闷气

心底是黑暗的空虚

　　　　　短歌是我，悲伤的玩具

72.

别人说话时

只觉得野兽般的脸上

有张嘴在翕动着

73.

父母与孩子

各怀心事地相对而坐

多么拘谨啊

74.

乘着那艘船

去那趟航海的一个船客

没有能死成

75.

想把眼前的点心盘子

咔嚓咔嚓咬碎的

那样的焦躁

76.

总是笑的人

如果死了的话

世界也会变寂寞一点

77.

毫无来由地

想狂奔到喘不过气

在草原或者哪里

短歌是我，悲伤的玩具

78.

穿上崭新的西服

踏上旅途

今年也这样想着，过去了

79.

故意熄灭灯

睁圆了眼睛想事情

那也没什么大不了的

80.

这是在浅草凌云阁顶楼

抱臂沉思的那天

写下的长日记

81.

是寻常的玩笑吗?

拿着刀子假装要死的

那表情, 那表情

82.

窃窃私语的话音忽然高了

手枪响了

人生结束了

83.

有时候

还是像孩子似的玩闹

这是恋爱的人该做的事吗?

84.

总算是离开了家

阳光温暖

我深吸了一口气

85.

疲惫的牛

涎水滴滴答答

好像千万年也流不尽

86.

路边的石料堆上

有个男人在抱着手臂

仰望天空

87.

我看着那群不知为何

眼神漂移地

挥舞鹤嘴锄的人们

88.

今天它从我心里逃出去了

像生病的野兽一样

不满逃出去了

89.

豁达的心情到来时

连走个路

都好像丹田里运着气

　　　短歌是我，悲伤的玩具

90.

只因为想一个人哭

就睡到这里

旅馆的被褥真是舒服

91.

朋友们

不要厌憎乞丐的卑贱

饥饿中的我也是那样的

92.

新墨水的香气

拔去塞子就钻进饥饿的

肚子里的悲哀

93.

悲哀的是

忍着喉咙的干渴

瑟缩在寒夜的被褥里时

94.

曾让我低过哪怕一次头的人

都去死吧

我许下了愿望

95.

像我的朋友有两个

一个死了

一个从牢里出来，至今病着

短歌是我，悲伤的玩具

96.

有太多的才华

却为了妻子烦扰的朋友

实在可悲

97.

倾吐了心里话

又觉得好像哪里吃了亏

与朋友绝交了

98.

看着那污浊

昏沉的阴天

我简直想要杀人

99.

只有平庸才华的我的朋友

那深深的不平

多么可悲

100.

任谁看也一无是处的人来了

摆了一通架子又走了

还有比这更可悲的吗?

101.

工作啊，工作啊

生活却一点也没变轻松

我盯着我的手想

　　短歌是我，悲伤的玩具

102.

每件事好像都能看到后果

这样的悲哀

总也无法拭去

103.

就像某天

我忍不住想喝酒一样

今天我急切地想要钱

104.

快活地玩着水晶球

我这颗心

是个什么东西

105.

无所事事

并且愉快地长胖

是我最近的一些遗憾

106.

想要一颗

大的水晶球

然后对着它沉思

107.

对自吹自擂的朋友

随声附和

以一种施舍的心情

短歌是我，悲伤的玩具

108.

一天早晨从悲伤的梦中醒来

钻进鼻子的

却是煮味噌汤的香气

109.

咔嚓咔嚓，空地上刻石头的幻听

钻进了耳朵

一直带回到家里

110.

不知为什么

脑子里好像有段山崖

每天有土石崩落

111.

就像远方传来电话铃声

今天也是耳鸣的

可悲的一天

112.

脏兮兮的夹袄衣襟上

悲哀地

发出老家炒核桃的气味

113.

想死得难以抑制时

在厕所里躲闪他人的眼光

做出可怕的表情

　短歌是我，悲伤的玩具

114.

目送一队士兵离去

多么可悲啊

他们竟一点也不忧愁

115.

国人的嘴脸

丑恶不堪地映入眼帘的一天 [1]

还是躲在家里好

116.

想着下次休息日睡上一整天

就这样

过去了三年

---

[1] 指日本吞并朝鲜的纪念日。

117.

有时候觉得

我的心就像

刚烤好的面包一样

118.

滴答滴答滴答滴答滴答

雨滴在疼痛欲裂的头里

敲响着悲哀

119.

是某一天的事了

把纸门重新贴了一遍

接下来一整日都心情平静

短歌是我，悲伤的玩具

120.

觉得坐不下去

站起身来时

门外传来马嘶声

121.

茫然立在廊下

粗暴地推门

一下就开了

122.

紧盯着一块

吸满了黑色和红色墨水的

干硬的海绵

123.

傍晚

想写一封长信

任谁看到，都会眷恋起我来

124.

有没有那种

淡绿色的

喝下它身体就像水一般透明的药呢

125.

厌倦了天天盯着的油灯

一连三天

都只和蜡烛的火亲近

　　短歌是我，悲伤的玩具

126.

某天觉得

人们全都不用的词

莫非只有我自己知道?

127.

为了找一颗全新的心

今天也彷徨在

连名字都不知道的街头

128.

朋友们全都比我优秀的那天啊

我买来了花

与妻子一起观赏

129.

我为什么在这里

在做什么?

有时候这样惊觉看着屋里

130.

有人在电车里吐痰

连这件事

都让我心痛

131.

想找个能玩通宵的地方

一想到家里

心又凉了

　　短歌是我，悲伤的玩具

132.

人人都有名为家的哀愁

像入坟一样

回去睡吧

133.

想展示一个奇迹

然后趁所有人都吃惊时

消失

134.

每个人的心里

各各有一个囚徒

呻吟着悲苦

135.

一挨了骂

就哇地一声哭出来的童心

我也想借来用用

136.

连偷窃也不觉得是坏事

心里难过

也没处藏身

137.

这一天

软弱的男人

感到了和被解放的妇女一样的悲伤

　　短歌是我，悲伤的玩具

138.

把钟表

猛地丢向庭院里的石头

过去的我发脾气也挺可爱的

139.

涨红了脸发怒

第二天又觉得犯不上

令人倍感寂寥

140.

焦灼的心多么可怜

来来

打个哈欠吧！

141.

有个女人

为了不违背我的命令费尽苦心

看起来着实可悲

142.

没志气啊

我们日本的这些女人

我在秋雨的夜里这样骂道 [1]

---

[1] 本首写于"大逆事件"之后不久，啄木愤慨于日本女性对"大
逆事件"和呼吁妇女参政的幸德秋水被捕毫无关心的现状。根
据日本学者近藤典彦的研究，在创作这首和歌前后，啄木曾发
表过一篇名为《知己的女儿》的短文，批评日本女性对政治和
自身的前途缺乏关心。啄木的观点明显受幸德秋水《平民主义》
中《妇女与政治》一文的影响。20世纪初欧美妇女参政运动
正风起云涌，相比之下，幸德秋水认为日本的女性"浑浑噩噩、
唯命是从"，缺少权利意识。

143.

生为男人，来往的也是男人

却一败涂地

秋凉就是因为这个沁入了身体

144.

我抱持的所有思想

好像都是因为缺钱

秋风起了

145.

初秋的风

垂怜着

写了蹩脚小说还沾沾自喜的男人

146.

秋风起了

我从今天起不想

和那懦弱虚胖的男人多说一句

147.

今天有一种

在看不见尽头的笔直道路上

漫步般的心情

148.

不愿忘记

那什么也来不及想的

忙碌度过的一天

短歌是我，悲伤的玩具

149.

所有问题都是钱钱钱

我嬉笑怒骂着

过了一会，又愤愤不平起来

150.

有谁来

给我一枪

我就像伊藤 [1] 一样死给你看

---

[1] 伊藤博文，日本首任首相（内阁总理大臣），推崇立宪政治和
政党政治，被视为明治时代开明派政治家的代表。1909 年遇
刺身亡。

151.

梦见桂首相[1]怪叫一声

攫住了我胳膊

惊醒在秋夜的凌晨两点

---

[1] 桂太郎，军人出身的日本首相，任内主导了镇压共产党人的
"大逆事件"和日韩合并等，是战前军国主义强权政治的代表
人物。

短歌是我，悲伤的玩具

烟

一

152.

像病一样涌来的

思乡的愁绪

眼前蓝天中的烟也是哀愁

153.

轻唤自己名字

泪流满面

十四岁的春天已经回不去了

154.

消散在蓝天中的烟

孤寂消逝的烟

它像我吗

155.

这趟旅行中

火车上的列车员

不料竟是我中学时的朋友

156.

暂且以一颗年轻的心

看水从唧筒中

喷涌而出的爽快

157.

师友全都不明就里

短歌是我，悲伤的玩具

责备我那谜一般的

成绩落后的理由

158.

独自一人

从教室的窗户遁走

去那座城的遗址 [1] 里睡觉

159.

躺在不来方城的草间

十五岁的心

被天空吸走

---

[1] 此处和 159 的"不来方城"、165 的"城的遗址"均指岩手县的
盛冈城,主要建筑物已经在 19 世纪末倒塌,仅剩遗址公园。

160.

说来可悲，也确实可悲

万物的味道

我尝得太早

161.

仰望晴空时

总想吹口哨

于是就吹着玩起来

162.

夜里睡觉时

也吹着口哨

口哨是我十五岁的歌

　短歌是我，悲伤的玩具

163.

有一个爱骂人的老师

因为胡子像，被人叫山羊

我还学他说话

164.

和我一起

向小鸟扔石头玩的

还有预备役大尉的儿子

165.

坐在城的遗址的石上

独自品尝

禁树的果实

166.

后来抛弃了我的朋友

那时候还在一起读书

一起玩

167.

学校图书馆后的秋草

开黄色的花

至今也不知道名字

168.

花儿一谢

就先人一步，穿着白衣离家的

正是在下

短歌是我，悲伤的玩具

169.

已经过世的姐姐的恋人的弟弟

和我挺要好

想到他就难过

170.

有位年轻的英语老师

暑假结束了

也没有回来

171.

罢课的回忆

也不再令我热血沸腾

有一点落寞

172.

请让我再一次倚靠在

盛冈的中学里

露台的栏杆上吧

173.

在路旁那棵栗子树下

我说服了

坚持上帝存在的朋友

174.

玩耍着踏过

被西风哗啦啦吹散的

内丸大路的樱花树叶

短歌是我，悲伤的玩具

175.

当年手不释卷的书啊

如今，大多都已经

不再流行了吧?

176.

像一块石头

从坡上滚落下来似的

我来到了今天

177.

饱含忧愁的少年的眼

羡慕小鸟的飞翔

飞翔，歌唱

178.

在那校园的木栅栏下

解剖的

蚯蚓的性命也可悲伤

179.

燃烧着对知识的无限渴望的双眼

让姐姐忧心

以为我爱上了某人

180.

向我推荐苏峰[1] 著作的朋友

---

[1] 德富苏峰，日本明治时代报业家、思想家、政论家。曾创办《国
民之友》杂志和《国民新闻》报纸，政治立场接近右翼民粹主
义。早年倡导"平民主义"，1890 年后转向极端国家主义，鼓
吹对外侵略。"二战"后一度被远东国际军事法庭认定为甲级
战犯，后免予起诉。

早早地退学了

因为穷

181.

那位博学的老师

唯独我总是嘲笑他

滑稽的手势

182.

还有一位老师，给我讲了

因自己的才华

贻误终生的人的故事

183.

当年学校排名第一的懒人

如今在认真地

劳作了

184.

以乡下人出门的打扮

在大都市出了三天洋相

就回来的朋友啊

185.

在并立着松树的茨岛街头

和我一起走过的少女

恃才傲物

　　短歌是我，悲伤的玩具

186.

眼睛患病戴黑眼镜的时候

那个时候

学会了独自哭泣

187.

我的心

今天也在悄悄哭泣

因为朋友们都走在自己的路上

188.

先尝过恋爱的甘美

也先知道恋爱的悲苦的我

先人一步衰老了

189.

兴致一来

朋友就热泪盈眶，挥着手

像醉汉一样说话

190.

分开人群而来的

是我朋友那支

古旧而粗大的手杖

191.

在贺年卡上写漂亮句子的人

我没把他放在心上

已经足有三年

短歌是我，悲伤的玩具

192.

梦醒时，忽然悲哀起来

我的睡眠

没有以前那么沉了

193.

从前以才子名动一方的朋友

在牢里

朔风吹起了

194.

近视眼

还吟诵滑稽的和歌

茂雄的恋爱实在可悲

195.

我妻子从前的愿望

是做跟音乐相关的事

如今连歌也不唱了

196.

友人们，从某天起各奔东西

其后八年

一个出名的也没有

197.

某天想起

把我的恋爱

第一次对朋友倾吐的那一夜的事

　　短歌是我，悲伤的玩具

198.

像断线的风筝

年轻时轻薄的心

也飞远了

二

199.

怀念乡音

就到火车站的人群中

去听

200.

像生病的野兽一般的

我的心

一听故乡的事就老实了

201.

忽然想到

在故乡时每天都听的雀鸣

已经有三年没听见了

202.

取出来看看

去世的老师，在很久以前

送我的地理书

203.

当年，小学的木板屋顶上

那颗我丢上去的球

现在怎样了？

短歌是我，悲伤的玩具

204.

扔在故乡那条路旁的

石子

今年也被荒草淹没

205.

离开后才挂念起妹妹

她是个哭闹着

想要红带子木屐的女孩

206.

两天前看过山的绘画

今天早晨

忽然怀念起故乡的山来

207.

听着卖糖小贩吹的喇叭

好像捡回了一点

早已失去的童心

208.

近来

母亲也常提起故乡的事

入秋了

209.

无缘无故地

又说起了老家的事

大约是秋天夜里烤年糕的香味

短歌是我，悲伤的玩具

210.

怀念起涩民村的种种

记忆中的山

记忆中的河

211.

这天挂念起了

把水田、旱田全卖掉，喝酒

走向末路的乡亲

212.

唉唉，我教过的那些

孩子们

不久也要弃故乡而去了

213.

与背井离乡的青年们相聚

悲伤的谈话

胜过了喜悦

214.

像被人拿着石头追打一样

离家的悲伤

总也没有消散的时候

215.

柳树轻柔地绿了

眼前浮现出北上川 [1] 的河岸

像是在说，哭吧

---

[1]　啄木故乡的河流。

216.

故乡，就连村里大夫的老婆

简素的盘发 [1]

也挺让人怀念

217.

有个男人

来到那村子的登记所

没多久就因肺病死了

218.

小学时曾与我争夺首席的朋友 [2]

---

[1] 把头发缠在梳子上盘在脑后的一种简易的日式发型。略有"乡
下人的发型"的含义。
[2] 此处与 219 中的"千代治"均指工藤千代治，啄木的小学同学。

经营的

出租木屋

219.

千代治他们也成长、恋爱

有了孩子

像我在旅途中一样

220.

我记起一个女人

在某年的盂兰盆祭上她说

借给你衣服，跳舞吧

221.

可怜的三太

有痴呆的哥哥，残废的爸爸

夜里还在读书

222.

和我一起

乘过栗色毛的马驹奔跑

那个没娘的孩子的偷盗癖

223.

大块披风上的红花纹样

至今仍在眼前

是六岁那一天的爱恋

224.

名字已经快被忘记时

飘然来到故乡的

那个总是咳嗽的人

225.

爱欺负人的木匠儿子他们

也是可怜人

去打仗后再没活着回来

226.

有肺病的

恶霸地主的儿子

娶媳妇那一天，春雷炸响

227.

阿金哭着

向宗次郎抱怨

在萝卜花洁白绽放的傍晚

228.

谨小慎微的村公所书记员

听说他疯了

在故乡的秋天

229.

我堂兄

厌倦了在野山里打猎之后

喝酒、败家，然后生病死了

230.

我走去执起他的手

当时那个醉后胡闹的朋友

哭泣，然后沉静下来

231.

有个一喝酒就提起刀

追他媳妇的教师

后来被从村里赶出去了

232.

肺病患者逐年增殖

村里迎来了

年轻的医生

　　短歌是我，悲伤的玩具

233.

捕萤火虫的时候

有人邀本想沿河而下的我

去走山路

234.

想起了

落在马铃薯淡紫色花上的雨

因为都市的雨

235.

啊，我的 nostalgia[1]

像金子一般

总是清亮地照在心上

---

[1] 原文用了外来语 nostalgia 的音译ノスタルジヤ，意为"怀旧、
     乡愁"。

236.

没人拿他们当玩伴的

凶恶巡警的孩子们

也怪可怜的

237.

每逢杜鹃哀鸣的日子 [1]

就要发作的朋友的病

不知怎样了

238.

我想到的事

大半都是对的吧

故乡的来信抵达的早晨

---

[1] 在日本俗语中意为"门庭冷落、没有生意"。

239.

今天听说

那位不幸福的女人 [1]

投入了一段肮脏的恋情

240.

为了安抚我苦恼的灵魂

也有人曾经为我

唱过赞美歌

241.

啊啊，那个像男子汉一样的灵魂

---

[1] 指啄木之妻堀合节子的朋友金谷信子，在村人口中颇多非议。曾与人订婚并同居数月，后来又悔婚，在涩民村寻常小学校担任女教师，最后嫁给该小学的校长和久井。

现在在哪里?

在想着什么?

242.

请你别忘了

在月光昏暗的夜里

来折我庭中白杜鹃的事

243.

她大概是我们村里

头一个讲耶稣基督之道的

年轻女子

244.

好摩原上

雾气氤氲的火车站 [1]

连早晨的虫都叫得凌乱

245.

透过火车窗

远远地看见北方故乡的群山

我整了整衣襟

246.

亲身踏上故乡的土地

不知为何，脚下是轻快的

但心里却沉重

---

[1] 岩手县盛冈的一座车站，今立有啄木的歌碑。

247.

进了故乡，首先令我心伤的是

路宽了

桥也换成了新的

248.

面生的女教师

在曾是我的教室的窗下

立着

249.

正是在那间房子的那个窗下

春夜里

我和秀子一起听过蛙鸣

　短歌是我，悲伤的玩具

250.

当年神童的称号

真令人伤感

来到故乡，最想哭的就是这件事

251.

在故乡的站前马路

河畔的胡桃树下

拾过小石子

252.

对着故乡的山

我沉默无言

故乡的山是值得感激的

献给秋风的清凉

253.

远望故乡的天空

独自登上高楼的房顶

再带着愁绪下来

254.

皎洁胜过白玉的孩子

一到秋天

也有了心事

255.

最悲伤的要数秋风

从前只偶尔涌上来的泪水

频繁地流下

短歌是我，悲伤的玩具

256.

枕着青色、透明的

悲伤的珠玉

彻夜倾听着松涛

257.

把肃穆的七山杉

染成火一样的太阳落山了

如此安静

258.

把读过

就知晓了忧伤的书烧掉

古人可真随性啊

259.

一切都化为了梦幻

缓缓落下

聚集成悲伤的夕阳

260.

水洼里

漂浮着渐暗的天空和一根红绳

在秋雨之后

261.

入秋，像水一样

洗净了

连心事也焕然一新

短歌是我，悲伤的玩具

262.

忧郁来时

登上山丘看不知名的鸟儿

啄食赤色的蔷薇种子

263.

在秋天的十字路口

吹往四条岔路其中三条的风

不见踪影

264.

秋天的声音头一个钻进他的耳朵

有这种特质的人

是可怜的

265.

一到秋天，就觉得有神住在那里

敬畏地眺望起

那些平时无甚可观的山来

266.

世上我该做的事已经尽了吗

在长日中

如此，唉，如此地思虑着

267.

雨沙沙地落下来

我看着院子的地面渐渐打湿

忘了眼泪

268.

梦见了

木梳上的蝴蝶

踩在故乡寺庙的门廊上

269.

想尝试变成

年幼时的自己

与人说话看看

270.

吹起令人怀恋的秋风时

黍子叶哗哗地响

在故乡檐廊下

271.

擦肩而过的空隙

虽然只看到了一眼

却写在了日记里

272.

风流男子，无论今昔

都枕着淡雪似的玉手

老去

273.

想试着遗忘片刻

像石阶

被春天丛生的荒草埋没

　　短歌是我，悲伤的玩具

274.

急切地思念起

从前睡在摇篮里时

无数次梦见的那个人

275.

想起，十月

岩手的群山里

初雪迫近眉睫的早晨

276.

太阳雨哗哗地落了一阵

稍稍打乱了

门前栽的胡枝子

277.

秋空太过寂寥

连影也不见一片，实在凄清

飞个乌鸦也好呀

278.

雨后的月亮

照着湿得正合适的房顶瓦片

是处处闪着光的忧伤

279.

在我饥肠辘辘的某日

与那摇着细尾巴

饥肠辘辘地看我的狗四目相对

280.

不知什么时候

忘记了哭

还有能让我哭出来的人吗?

281.

啊，酒入愁肠

汪然地向我涌上来了

站起来跳舞吧

282.

蟋蟀鸣叫

在一旁的石头上

哭泣、欢笑，或自言自语

283.

自从那场令人乏力的病后

微张着嘴睡觉

已经成了一种习惯

284.

以得到一个人

为毕生之大愿

是年轻的过错

285.

她怨天尤人时

上翻的眼珠挺可爱的

我假装若无其事

286.

这般的热泪

初恋时也曾有过啊

像那样哭泣的日子，不会再有了

287.

像遇见

已经忘却很久很久的友人那样

愉快地听着水声

288.

秋夜

铁灰色的广阔天空里

要是有个能喷火的山就好了

289.

岩手山的秋天

山麓三面的原野中

满是虫鸣，该听什么呢?

290.

像父亲一样，秋天是肃杀的

像母亲一样，秋天是慈爱的

对没家的孩子来说

291.

秋天一到

恋慕的心就没个闲暇

半夜躺在床上，也总在听雁声

短歌是我，悲伤的玩具

292.

"长月 [1] 过半兮"

从什么时候起

不再这样幼稚地吟诵了呢?

293.

从不说思念的人送来的

勿忘草

我很清楚那含义

294.

像秋雨时节容易倒弯的弓一样

近来

你不太亲近我了

---

[1] 九月的雅称。日本学校多在九月底十月初结束暑期开学。

295.

在人迹罕至的山上的庙里

松风在石马的耳边

不分昼夜地鸣响

296.

幽微，朽木清香似的

蘑菇的香味

秋天深了

297.

骤雨般的声音

在树梢回荡

很像人的、森林里的猿猴

短歌是我，悲伤的玩具

298.

森林深处

远远地发出声响

像来到在树洞里捣石臼的侏儒国

299.

世界，最初

先有森林

半神的人们在其中守护着火

300.

无边无际的砂延展而成的

戈壁荒野中

或许住着秋天的神

301.

天与地之间只有

我的悲伤和月光

和这无远弗届的秋夜

302.

像捡拾无故悲哀的夜里

流出的声响似的

彷徨，行走

303.

浪迹天涯的游子

回故乡入睡

寂静的冬天大概真的来了

短歌是我，悲伤的玩具

难忘的人们

一

304.

潮水香气飘溢的北方海边

砂丘上的玫瑰啊

今年也盛开吗

305.

数数自己尚可依仗的青春

凝视手指

厌倦了旅行

306.

大约三次

透过火车窗户看到的地名

也觉得亲切了

307.

回忆起

函馆理发店里的徒弟

刮耳毛刮得挺舒服

308.

穷乡僻壤的母亲和妻子

追在我身后来到这里

人地两生

短歌是我，悲伤的玩具

309.

想到津轻的海时

妹妹的眼睛好像就在眼前

晕船也柔和起来

310.

闭着眼睛吟诵

伤心的俳句

朋友的来信里，玩笑的哀愁

311.

朋友也满怀愁绪地提到

小时候

在桥栏上涂大便的事

312.

恐怕要打一辈子光棍喽

如此自嘲的朋友

至今也没有娶妻

313.

唉，那位女教师呀

她的眼镜框

闪着寂寞的光

314.

朋友给我饭吃

背叛了这位朋友的我

生性可悲

短歌是我，悲伤的玩具

315.

最忧愁的，要数函馆的青柳町

朋友的恋歌

鬼灯檠的花朵

316.

被她的眉毛捕捉的心

怀念故乡的

麦香

317.

崭新的洋装书

纸香气扑鼻

我一心只想要钱

318.

白浪涌起，轰响

在函馆的大森滨

我想过多少心事

319.

忧愁地赏玩

一只每早每早

都唱起中国俗歌的枕边闹钟

320.

叙说漂泊愁绪

不成篇章的草稿

字迹实在难读

短歌是我，悲伤的玩具

321.

多少次想要死却没有死

我一路走来

就是这样可悲

322.

函馆卧牛山半山腰

石碑上的汉诗

已经忘记了一半

323.

也有这样的乞丐

口中吞吞吐吐地念着

高尚的事

324.

"且当我是个不成器的男人吧"

神仙般的朋友，仿佛

这样说着，入山去了

325.

她叼着雪茄

站在海岸上的夜雾里

波浪滔天

326.

在演习的空闲中

特地乘火车赶来的友人[1]

与他共饮的酒

---

[1]　此处与 327 中的"郁雨"均指宫崎郁雨，啄木的挚友之一。在
　　啄木生前曾多次资助啄木和家人的生活，在啄木去世后设立
　　"谈啄木会"。

　｜　短歌是我，悲伤的玩具

327.

一见到大河的水面

郁雨啊，我就会想起

你的苦恼

328.

拥有智慧，和那么深刻的慈悲心

却百无一用的朋友们

终日游荡

329.

不得志的人们

凑在一起喝酒的地方

就是我的家

330.

一个年长的朋友

悲伤时就笑

借酒浇愁

331.

已是几个孩子的父亲的年轻朋友

一喝醉了

就像没有孩子的人一样唱起来

332.

假装若无其事的笑声

混着酒一起

沁入我的愁肠

短歌是我，悲伤的玩具

333.

忍着哈欠

在夜班火车的窗口道过的别

如今觉得并没有够

334.

被雨打湿的夜班火车

车窗上倒映着

山间小镇的灯火色

335.

下大雨的夜里

火车上不住流淌着水滴的

窗玻璃

336.

半夜

在俱知安[1]站下车的女人

鬓边陈旧的伤痕

337.

札幌的忧伤

是我那年秋天带去的

现在也还带着

338.

"秋风悲凉地吹拂

的金合欢行道树，还有白杨"

日记里写道

---

[1] 俱知安町，在北海道西北部。

短歌是我，悲伤的玩具

339.

万籁俱寂的宽阔街道上

秋夜里

烤玉米的香气啊

340.

盖过我寄宿处姐妹的争吵声

一直下到后半夜的

札幌的雨

341.

石狩一个叫作"美国"[1] 的小站

晾在栅栏上的

红色布料

---

[1] 美国町，在北海道西南部石狩振兴局管理范围内。

342.

最悲凉的要数小樽

从没歌唱过的人们

声音嘶哑

343.

还有个算卦的人

摇头晃脑，用哭腔似的声音说

给我看看你的手相

344.

借了一点钱又走掉

我这位朋友

背影里肩头上的雪啊

　　短歌是我，悲伤的玩具

345.

拙于世情

背地里却以此为傲的

不正是我吗

346.

有人对我说

你那瘦小的身子里

倒净是大块的反骨

347.

那一年，在那份报纸上

写下初雪的报道的人

是我啊

348.

拿着椅子作势要打我

这位朋友的酒

现在也该醒了吧

349.

如今想来

输的人是我

起争执的原因，也是我

350.

别人说要打我

我便凑上去说倒是打啊

过去的我，真令人怀念

短歌是我，悲伤的玩具

351.

"你曾三次

用剑抵着我的咽喉"

他的绝交词里是这样说的

352.

争吵过后

在强烈的憎恶中分道扬镳的朋友

也到了可以怀念他的日子

353.

那个眉目清秀的少年啊

我喊他弟弟时

他轻轻地笑了

354.

有位朋友，请我妻子帮他缝衣服

冬天格外早来的

殖民地[1]

355.

用手掌

擦拭脸上吹雪的朋友

共产是他的主义

356.

喝了酒

就铁青得像恶鬼似的那张大脸啊

悲哀的脸[2]

---

[1] 指北海道。

[2] 本首和357写的都是齐藤大砚，曾任《函馆日日新闻》社长。

357.

是那位说要去桦太[1]

创立一个

新的宗教的朋友

358.

因太平治世无事发生

而觉得厌倦的时候

最是可悲

359.

那位要开合伙药店

打算赚钱的朋友

据说是诈骗的

---

[1] 库页岛南部。

360.

青色的脸颊上闪着泪光

谈论死亡的

年轻商人

361.

背着孩子

送我到雪花飘进的车站

妻子的双眉啊

362.

在临别的时候

与像敌人般憎恨着的朋友

稍久地握了一阵手

短歌是我，悲伤的玩具

363.

从缓慢开动的火车窗里

我先人一步，缩回了头

为了不服输

364.

下着雨夹雪时

在穿越石狩原野的火车上读过的

屠格涅夫的小说

365.

想到自己身后谣言四起

这样的旅途实在可悲

像要赴黄泉似的

366.

分别之后，忽然眨了下眼

不知何故

有冰冷的东西顺着脸颊流下

367.

在山长水远的雪原上

缓慢行进的火车里

想起了忘带的香烟

368.

在淡红色的雪上流淌的

夕阳的倒影

照耀着旷野上的火车窗

短歌是我，悲伤的玩具

369.

忍着轻微的腹痛

在长途列车上

抽过的香烟啊

370.

同程的炮兵军官

刀鞘喀啦一响

打断了我的思绪

371.

只知道名字，却没任何渊源的这地方

旅馆便宜

和我老家一样

372.

那位做议员的旅伴 [1]

张着嘴，脸色铁青的睡相

很是可怜

373.

途中住下的旅馆里

温热的茶啊

我想今天可以放开了哭

374.

拂晓的光

把火车窗上冻成冰花的水蒸气

染上了颜色

---

[1] 白石义郎，《小樽日报》及《钏路日报》社长，时任北海道议员。

375.

一阵西北风呼啸吹过

干雪飞舞

包裹了树林

376.

空知川 [1] 埋在雪里

鸟也不见一只的

岸边林中，有一个人

377.

也有人与寂寞为敌，为友

在雪中度过了

漫长的一生

---

[1] 北海道石狩地区的河流名，为石狩川的支流。

378.

乘火车累得要死

却还在断断续续地想着心事

这是我可爱的地方

379.

怎么也忘不了

那位像唱歌似的报着站名的

年轻站务员柔和的眼睛

380.

雪地里

到处能看到屋顶

烟囱中的烟还轻轻地飘向半空中

381.

从老远开外

就长长地鸣着汽笛

火车就要开进森林中了

382.

什么也不去想

今天一整天

把心绪交给火车声吧

383.

在最远的一站下车

在雪光中

走进了凄清的城镇里

384.

白冰闪烁

鸻鸟鸣叫

钏路海冬天的月色啊

385.

用火烘烤着

结冰的墨水瓶

眼泪在灯下流了出来

386.

在这极边之地，见到了

只有容貌和声音

与往昔未曾改变的朋友

387.

唉，在这国的边境

喝些酒

就像在啜饮悲哀的残渣

388.

喝了酒

却没做悲伤一齐涌来的梦

感觉很高兴

389.

忽然响起的女人的笑声

渗入了身体

在厨房里的酒也冻住的深夜

390.

有个担心我喝醉

不再唱歌了的女人

她后来怎样了？

391.

我也忘不了

那个叫小奴 [1] 的女人，柔软的

耳朵

392.

依偎在

深夜的雪中

女人右臂的温热啊

---

[1] 料亭"鸭寅楼"的艺妓，啄木在钏路期间与其相好，391—402
都是关于她的。

　　短歌是我，悲伤的玩具

393.

对她说，你没想过死吗

她说，看这里

给我展示喉咙上的伤疤

394.

才艺和相貌

都比她更好的女人

好像对她说了我的坏话

395.

说跳舞吧，就站起来跳舞

直到自己

因为喝了劣酒醉倒在地

396.

在我醉到要死的时候

如此这般

对我说着伤心事的人

397.

问她怎么样了

她就在青色宿醉面孔上

强装出笑脸

398.

可悲的是

留在那白玉般的手臂上的

吻痕

短歌是我，悲伤的玩具

399.

喝醉了低着头时

睁眼说想喝水时

我喊的都是这个名字

400.

像趋光的虫子一样

我已经习惯了来这幢

灯火通明的房子

401.

在寒冷中踏得吱嘎作响的地板

回去的走廊间

不经意地接吻

402.

躺在她的膝上

我心里想的

却全都是自己的事

403.

碎冰沙啦沙啦地

裹在海浪里鸣响

我在月夜里往还于海岸边

404.

近来，听说情敌

死了

是个才华横溢的男人

短歌是我，悲伤的玩具

405.

在旅途中衰老的朋友

醉时，就吟唱

据说是十年前写的汉诗

406.

想吸一口

每次吸时都要冻住鼻子的

冷空气

407.

无波的二月海湾里

白漆的

外国船，浮得很低

408.

有个女孩子

在大雪夜里，三味线的弦断时 [1]

吵闹得像失火了一样

409.

阿寒山，雪后的黎明

像神明般

在远处显现

410.

据说在老家曾投过河的

女人

弹着三味线歌唱的晚上

---

[1] 日本的艺妓习俗中，三味线的一弦弹断是一种吉祥的征兆。

　　短歌是我，悲伤的玩具

411.

葡萄色的

旧本子里，留着

那次私会的时间和地点

412.

也有

像穿脏布袜时一样

恶心的回忆

413.

某天觉得

她在我房间里哭泣

好像是小说里的事一样

414.

我的旅程

像长而颤声地咏唱的

浪淘沙

二

415.

是什么时候的事呢？

梦里忽然听见也觉得高兴的

那声音，已经很久没再听到过 [1]

---

[1]　415—433 皆为献给函馆弥生寻常小学校的女同事橘智惠子的
　　歌。

416.

作为满面风尘的

流离的旅人

我能说的，只有问路而已

417.

我若无其事的话

你也若无其事地听了

就这样而已

418.

就像清冷的大理石上

照着春天的太阳

我是这样想的

419.

吸尽了世间光亮的

黑色的眼睛

至今还在我眼前

420.

那时候欲言又止的

重要的话，至今

还留在心里

421.

流离的记忆

像洁白的油灯罩子上的

瑕疵般，难以抹去

短歌是我，悲伤的玩具

422.

离开函馆被烧毁的遗迹那晚的

遗憾

至今留在心里 [1]

423.

人们说你

鬓发低垂的样子很美

我在你写东西时看过

424.

土豆开花的时节

---

[1] 1907 年 8 月 25 日夜里，函馆发生大规模火灾，啄木工作的弥生寻常小学校和《函馆日日新闻》报社均被烧毁，啄木生计失去着落。次月他离开函馆前往札幌。此处的"遗憾"指对橘智惠子的惜别之情。

到了

你也喜欢那花吧?

425.

悲伤的时候，就想起你

像山里长大的孩子

怀恋山里

426.

要忘记时

就忽然有件事，成了回忆的种子

于是很难忘记

　短歌是我，悲伤的玩具

427.

听说你病了，又听说你已经痊愈

四百里外此处的我

像活在梦里

428.

在街上看到像你的身影时

心中的雀跃

啊呀，可真是

429.

只要再听一次那声音

心里也会放晴

今早，我这样想过

430.

在忙碌的生活中

有时候会想

这是为了谁呢?

431.

若是有能

平心静气地交谈的朋友该多好

可以说说你的事

432.

"但愿有生之年能再见一面"

如果我这么说

你会轻轻点头吗

短歌是我，悲伤的玩具

433.

有时，想起你

已经平静的心境

就忧伤地凌乱起来

434.

离别的日子年年增多

思念却年年增长的

你

435.

石狩的城外

你家的

苹果花已经谢了吧

436.

长信

三年里，来了三次

我好像写了四次

短歌是我，悲伤的玩具

摘下手套时

437.

摘手套的手停住了

说不清为什么

有回忆从心上掠过

438.

从什么时候开始

学会伪装自己的感情的?

长出胡子，大概也是那时

439.

早晨入浴时

把后颈靠在浴池边上

缓慢呼吸的愁绪啊

440.

夏天来时

漱口药

沁透了病牙，清晨的欢喜

441.

凝神看着自己的手

想起那个

很会接吻的女人

442.

孤独，大概是

因为这双不熟悉颜色的眼睛

就让人买红色的花

短歌是我，悲伤的玩具

443.

就连买来新书读到半夜的

那种愉快

也已经忘了很久

444.

出门七天

回到家时

连窗户上浸染的红墨水都觉得可亲

445.

旧文件堆中翻出

已经脏了的吸墨纸

也令人怀念

446.

用手试着融化积雪

那股舒爽

沁入了我睡饱的心

447.

纸门上渐暗的落日余晖

看着它

心不知什么时候也暗下来

448.

在医生之后住进的这房子

冰冰凉凉地

在夜里飘出药香

短歌是我，悲伤的玩具

449.

窗玻璃

会被尘土和雨水模糊的窗玻璃

也有哀伤

450.

六年来每天每天戴着的

旧帽子

也舍不得扔

451.

舒畅地贪恋着春困

让眼睛也柔软的

园中草

452.

春天，白昼变长

延向远方的红砖墙

呈现紫色

453.

春雪

温柔地降在

银座后街的三层砖房上

454.

在脏砖墙上

落了又化，落了又化的

春雪啊

短歌是我，悲伤的玩具

455.

春雨肃静地落在

那个有眼病的女人倚靠着的

窗上

456.

新锯的木材的香气

飘浮

在新建街区春天的寂静

457.

在春天的城市里

读着那些写着显眼的女人名字的

门牌，散步

458.

暮色渐近了

不知哪里

残留着烧橘子皮的香气

459.

已经听厌了

年轻女人聚会时热闹的话音

渐渐落寞起来

460.

像是哪里

有年轻女子夭折似的苦痛

春天的雨夹雪落下来

461.

这哀伤，情不自禁

喝醉了干邑酒后的

柔软

462.

将白盘子

擦净，放在架上

酒场角落里可怜的女人

463.

干燥的冬日大路上

不知哪里

藏着苯酚的气味

464.

红红地，映着落日

河畔酒馆的窗户中

白色的脸啊

465.

新拌的沙拉，盘中

醋的香气

沁入心里的悲伤傍晚

466.

从天蓝色的瓶中

倒出山羊奶时

手的颤抖，令人怜爱

　短歌是我，悲伤的玩具

467.

穿衣镜上凝结的

水汽，抹去了

醉后湿润的眼里的悲伤

468.

一时间安静下来的

傍晚的厨房里

还留着火腿的香气

469.

在摆满冰冷的酒瓶的架子前

剔牙的女人

看上去很可怜

470.

在交换了稍长的接吻后，道别

深夜的城市里

远处的火灾啊

471.

医院的窗前，傍晚

淡淡地记取了

一张苍白的脸

472.

想起了在那艘大河上的游船里

跳舞的歌女

是什么时候的事呢？

短歌是我，悲伤的玩具

473.

无事的长信写到半途

忽然开始想亲近人

走上了街头

474.

抽着受潮的烟

也许，我的思绪

也都轻轻地受潮了

475.

我嗅着雨后小院里的泥土香

敏锐地

感觉到夏天正在靠近

476.

站在装饰清凉的

玻璃店外，眺望

夏夜的月

477.

因为你说要来

所以，早起

并且介意白衬衫袖口污渍的一天啊

478.

我那总是没有安生的弟弟

近来，眼神中有了阴霾

令人悲伤

短歌是我，悲伤的玩具

479.

某处传来打桩的声音

还有大桶滚动的声音

雪落下来了

480.

没有人影的办公室里

骇人地

响起电话铃声，又停下了

481.

睁开眼

夜半过后的说话声

轻轻地传进耳朵里

482.

盯着看了一会才发现钟停了

像被吸住似的

心里又落寞起来

483.

每天早晨，漱口药水的瓶子

都比前一早更凉的

秋天来了

484.

在麦子青翠的

山丘脚下的小径

捡到一只小小的红色发梳

短歌是我，悲伤的玩具

485.

秋日午后

斑驳的日影爬过

深山的杉林

486.

潮水的雾啊

在港口小镇

压住了尖啸着在空中画圈的黑鸢

487.

看着小阳春的太阳

映在毛玻璃上的鸟影

思绪漫然

488.

排成一列，像游泳似的

一户户高低起伏的屋檐

在冬日里起舞

489.

京桥泷山町的

报社

点起灯时的忙碌啊

490.

总对我发火的父亲

近来不太发火了

还是发火好些

短歌是我，悲伤的玩具

491.

晨风吹进电车里

我试着用手摘下

一片柳叶

492.

没有原因地想看海

来到海边

度过了心里伤痛难耐的一天

493.

看厌了波澜不兴的海

转过身时

那条搅乱了视线的红色腰带啊

494.

今天见到的町里的女人

每一个，每一个

都像是刚失恋回来似的

495.

火车的旅途中

某个野地中的小站

夏草的香气让人怀念

496.

一大早起床，好不容易赶上的

初秋之旅，列车上的

硬面包啊

短歌是我，悲伤的玩具

497.

在那趟旅行的夜班车窗边

想到了

我悲凉、悲凉的末路

498.

在雨中的夜班火车中

忽然看到

某个林中的小站，钟表停了

499.

离别之后

我在灯火幽暗的夜班火车窗边摆弄的

青苹果啊

500.

常光顾的

这家酒肆的悲凉啊

夕阳，红彤彤地射入酒里

501.

像白色的莲花开在池沼里

悲伤

在酩酊之间清晰地浮现了

502.

越过墙壁

能听见年轻女孩哭泣的

旅途中客栈的秋天蚊帐啊

短歌是我，悲伤的玩具

503.

取出来去年的夹袄

令人怀念的气味浸透了全身的

初秋清晨

504.

在意的左膝痛

不知何时已经痊愈了

秋风吹拂

505.

书变卖了一本又一本

只留下一本翻脏了的德语词典的

夏末啊

506.

无缘无故憎恶的朋友

不知何时亲近起来

秋色渐浓

507.

在行李底下寻找那本

红纸封面早已被手磨破的

国家禁书的日子

508.

被禁止发行的

书的作者

在路上遇见他的秋日清晨啊

　　短歌是我，悲伤的玩具

509.

从今天起

从我开始想喝酒的这一日开始

秋风吹起来了

510.

大海

的一角中，连缀起来的岛与岛的空中

秋风吹起来了

511.

只有那湿润的双眼

和眼下的黑痣

停留在眼前，朋友的妻子啊

512.

是个无论什么时候看

都在滚着毛线球

编织毛线袜子的女人

513.

葡萄色的长椅上

睡着一团白的猫

秋天的傍晚

514.

细碎地

这里那里都有虫鸣

来到午间荒野上读的信

短歌是我，悲伤的玩具

515.

深夜闭门时

院子里有白色的东西跑过

是狗吗?

516.

把夜里两点的窗玻璃

染成淡红色的

无声的火灾啊

517.

悲惨的恋爱啊

我独自低语

给半夜里的火盆添了些炭

518.

用手，触摸

洁白的油灯罩子

寒夜中的忧思啊

519.

哀愁，像水一样

淹没了身体

夹杂着葱香的傍晚

520.

有时候学猫叫

然后嬉笑

年过三十的朋友的独居生活啊

　　短歌是我，悲伤的玩具

521.

畏畏缩缩地

独自在深夜的街头散步

像一个吓破了胆的侦察兵

522.

皮肤的每一个细胞都长着耳朵

听见寂静沉睡的城市里

沉重的脚步声

523.

没戴帽子的男人

半夜走进车站

坐下，站起，然后又走了出来

524.

醒过神来时

夜雾已经沉沉地降临

在街上游荡了很久啊

525.

"有烟的话，请给我一根"

我与走近前来的流浪汉

在深夜里说话

526.

独自步行走过东京的夜后

像从旷野归来一般

回到家中

527.

银行的窗口下

洒在地面结霜的石板上的

蓝墨水啊

528.

在积雪的田野小路上，眺望

扑棱棱

在灌木丛中嬉戏的三道眉[1]

529.

十月清早的空气中

有一个婴孩，吸进了

崭新的空气

---

[1] 学名三道眉草鹀，俗称草鹀、三道眉、大白眉等，一种日本常见的野鸟。

530.

十月的产科医院

潮湿而漫长的

走廊中的踱步啊

531.

公园里的下午

有个中国人

垂着紫色的袍袖，抬头看天

532.

在公园独自散步

感觉

像是触碰到了孩儿的手

　　短歌是我，悲伤的玩具

533.

很久没来公园

遇见朋友

握紧了手，快速地说话

534.

在公园的林间

眺望，小鸟在嬉戏的

片刻的歇息啊

535.

来到晴朗的公园

在散步的同时

知悉了自己近来的衰弱

536.

梧桐叶落下时

触碰，惊觉

是记忆中的那个吻吗

537.

公园角落的长椅上

看见过两次的男人

最近不见了

538.

公园的哀愁啊

自从你出嫁以来

我已经七个月没有来过

539.

心神不宁地

走近，公园里某处树荫下

被人扔在那的椅子

540.

忘不了那张脸

今天的街上

被官差拉着还笑得出来的男人

541.

点燃火柴

方圆仅有二尺的光亮中

有白的蛾子飞翔

542.

靠在不能成寐的夜晚的窗边

闭着眼睛

轻声地吹起了口哨

543.

我的朋友

今天也背着没妈的孩子

在那城的遗迹上散步吧

544.

深夜里

下班归来

抱着我刚死去的孩子

短歌是我，悲伤的玩具

545.

听说，他刚才还微弱地哭了

两三声

让我流下泪来

546.

雪白的萝卜根长肥的时节

有个孩子，生下来

然后死了

547.

晚秋的空气

只吸过怀抱那么大一团

我的儿，就死去了

548.

心，全挂在

给将死的孩子胸口注射针剂的

医生的手上

549.

又触摸了一次

死儿的额头

像对着一个无底的谜

550.

压过了悲伤的

孤独啊

我的儿渐渐地冰冷了

　　　　　短歌是我，悲伤的玩具

551.

最可悲哀的是

直到天亮还残留着的

断了气的孩子的温热

悲伤的玩具

1.

呼吸时,

胸中有声音作响。

那声音,比秋风还要寂寥!

2.

闭上眼睛

没有任何东西浮现。

最落寞的是再次睁眼的时候。

3.

走到半路忽然变了心情，

向单位请了假，今天也

在河岸闲逛吧。

4.

口干舌燥，

去找这时间还开门的水果店。

在秋天的半夜里。

5.

出去玩的孩子还没归家，

我拿出她的玩具火车头，

推着跑了一会。

悲伤的玩具

6.

"我想买书！我想买书！"

并没有什么旁敲侧击的打算

但还是试着对妻子这样说。

7.

想离家旅行的丈夫的心思！

斥责、哭泣，妻儿的心思！

就是早晨的餐桌！

8.

离开家走了一里地

其实是为了装作

像有什么事在身的人一样

短歌是我，悲伤的玩具

9.

按着疼痛的病牙

看太阳红彤彤地

在冬天的雾中升起

10.

好像要永远这样走下去了

这样的思绪涌来，

在走过深夜的一个又一个街区时

11.

真是让人怀念的冬日早晨。

喝热水时，

热气便腾腾地扑在脸上。

12.

不知何故，

今天早晨，我心里少许明快了一点

剪了手指甲。

13.

木然地

盯着书上的插图，

把口中的烟吹在上面。

14.

坐到半途，能换乘的电车没有了

正想哭的时候，

雨也下起来了。

　　　短歌是我，悲伤的玩具

15.

每隔两晚

就要在夜里一点走上这条新辟的坡路——

身不由己的工作啊。

16.

沉重地

浸透在酒气里

感觉脑子有千斤重一般，回家了。

17.

今天又有酒喝了！

尽管知道自己有喝了酒

胸中就烦恶欲呕的毛病

18.

"我嘴里这是念叨什么呢？"

我这样想，

闭上眼睛，品味着酒意

19.

醒透了酒实在舒服！

半夜里爬起来，

去磨点墨吧。

20.

深夜里从飘窗上探出身子，

栏杆上的霜

把手指头冻得冰凉。

短歌是我，悲伤的玩具

21.

随便吧，爱怎么着怎么着吧

这大抵是近来

我独处时的畏怖

22.

手脚仿佛都已经离开了身体

愁人的睡醒时分！

悲哀的睡醒时分！

23.

摊开干巴巴的乡下报纸，

挑里面的错字。

这是今早的哀愁。

24.

心想要是能有谁

劈头盖脸地骂我一顿就好了。

这算什么心思呢？

25.

每早每早

都悲哀地抚摸着，

压在下面睡的那条腿微微有点麻了。

26.

像在旷野中飞奔的火车般，

这烦恼，

不时地在我心中通过。

　　短歌是我，悲伤的玩具

27.

不知何故

像是要给初恋的人扫墓一般,

走到了郊外。

28.

久违地乘上火车,

心想,这是回到了

怀念的故乡。

29.

"我相信崭新的明天终会到来"

自己这句话

虽然并不是谎言——

30.

擦着烟管时，

左思右想，真正想要的东西

要说有，好像也没有。

31.

看着自己肮脏的手——

正如

面对着最近自己的心。

32.

洗干净脏手时那种

微小的满足感

就是今天份的满足了吧。

　　　　短歌是我，悲伤的玩具

33.

这一天忽然眷恋起山来

便来到山里。

寻找去年坐过的那块石头啊。

34.

早晨睡了懒觉，没来得及读报

像欠了债一样的心情

今天也感觉到了。

35.

辞旧迎新后松弛下来的心！

心旷神怡地

忘却了自己来时的一切。

36.

直到昨天，都从早忙到晚

那种心情

虽说是不想忘记……

37.

门外传来拍羽毛毽子声，

还有笑声。

好像去年的正月又回来了。

38.

不知怎的，

今年像要有好事发生一样，

元旦日的早晨晴朗无风。

　短歌是我，悲伤的玩具

39.

从肚子最深处打个哈欠，

长长地，打个大哈欠，

今年的元旦。

40.

不管哪一年，

都写差不多的和歌来

作为贺年状的朋友。

41.

到了正月四日，

那个人

每年一度的明信片也该到了吧。

42.

净想些这世道中行不通的事的

我的脑袋啊!

今年也还是这副样子吗?

43.

人们纷纷

朝着同一个方向走去。

我的心,却想站在一旁冷眼看着。

44.

要挂到什么时候呢?

这块早就看厌了的匾

应该还会照旧一直挂下去吧。

短歌是我,悲伤的玩具

45.

吱吱作响，

像蜡烛快要烧尽一般，

逐渐入夜的除夕日啊。

46.

靠在青釉的濑户瓷火盆边，

闭上眼，睁开眼，

珍惜起光阴来。

47.

莫名觉得明天会有好事发生，

我训斥着胡思乱想的心

入睡了。

48.

是过去一年的疲惫一起出来了吗？

虽说是元旦日

却睡得昏天黑地。

49.

淡淡地

因为那缘由感到悲哀

元旦午后嗜睡的心。

50.

紧盯着，

被蜜桔的汁水染黄了的指甲时

心中的百无聊赖。

　　　短歌是我，悲伤的玩具

51.

用手拍打着

好像在等着那睡意回话一样

就像那种不耐烦似的，不耐烦！

52.

忘记了很要紧的事——

都怪我半路上

往嘴里塞了颗仁丹。

53.

兜头蒙上了被子

缩着双腿，

吐出舌头，并不向着谁。

54.

正月不知什么时候已经过去，

我的生活

又回到老路上来。

55.

与神明争吵，然后哭了的

那场梦啊！

是四天前早晨的事了。

56.

把到点下班回家当成

唯一的期待，

今天也上班了。

短歌是我，悲伤的玩具

57.

各色人等的心思

难以揣测

今天也战战兢兢地过完了。

58.

我要是当了这报纸的主编的话

就这么干——我想

干很多事情!

59.

石狩的空知郡

嫁到牧场的媳妇 [1] 送来的

黄油啊。

---

[1] 《一握砂》中啄木多次为其写过情歌的橘智惠子。

60.

把下巴埋进外套的衣襟，

深夜里，站定了听着。

很像她的声音。[1]

61.

写作 Y 的符咒

遍布在旧时的日记里——

Y，也就是那个人的事。

62.

据说，很多农民都戒掉了酒。

再贫困一点的话，

还要戒掉什么呢？

---

[1]　据岩城之德《啄木歌集全歌评释》推测，该首是怀念橘智惠子
的作品。

63.

刚睡醒时的心啊！

读到老人离家出走的报道

也几乎要掉眼泪。

64.

心里想着

"我的性格不适合与别人共事"

的睡醒时分啊。

65.

不知道为什么，

感觉跟自己有同样想法的人

出乎意料地多。

66.

对着比自己年轻的人

喷吐了半天的气焰后，

疲惫的心！

67.

真是稀奇，今天我

痛骂议会的时候竟然流下了眼泪。

觉得很开心。

68.

想让它一晚上就开花，

把梅树的盆栽放在火边烤了，

到底还是没开啊。

短歌是我，悲伤的玩具

69.

不小心打碎了茶碗，

弄坏东西的快感

今早也回味了。

70.

揪猫耳朵，

喵的一声，

吓了一跳，然后又欢喜的孩子的脸啊。

71.

为什么是这副没出息的样子？

几次训斥过自己软弱的心，

出门借钱去了。

72.

在左等右等

该来的人也不来的一天，

把书桌的位置挪到这边好了。

73.

旧报纸！

啊呀，这里写着对我的歌的赞美，

虽然只有两三行。

74.

搬家的早晨掉在脚下的

女人的照片！

已经遗忘的照片！

　　短歌是我，悲伤的玩具

75.

当时未曾留意过，

假名写错的地方真多啊，

以前的情书。

76.

在意起，八年前

我如今的妻子的那束书信，

收到哪里去了？

77.

难以入睡的毛病实在可悲！

感觉到一丁点睡意，

就慌忙去躺下。

78.

笑都笑不出来——

找了很久的刀，

居然就握在手里。

79.

最近四五年，

仰望天空的事一次也没干过了，

还能变成这样的吗？

80.

不用方格稿纸

就写不出字来。

如此坚信的我的孩子的天真。

　　短歌是我，悲伤的玩具

81.

如此这般，这个月总算平安地过去了

别无其他欲望的

月末的夜晚啊。

82.

那时候经常说谎，

面不改色地，经常说谎。

真是令人汗颜啊。

83.

旧书信！

五年前曾与他

这么亲密地交往过吗？

84.

问他叫什么名字，

答曰我姓铃木。

那个人，现在在哪里，做什么呢？

85.

看到那张写着"生了"的明信片，

片刻间

脸色都晴朗起来。

86.

看吧，

连那个人也生孩子了。

这样想着，以尘埃落定的心情入睡了。

　短歌是我，悲伤的玩具

87.

"石川是个可怜虫。"

有时候会对自己这样说，

然后陷入悲伤。

88.

推开门，迈出门外，

映入病人眼里的是无穷无尽的

漫长的走廊。

89.

心情像是

卸下了重担一样，

睡到了这张病床上。

90.

"那么，你连命也不要了吗？"

被医生训斥后，

沉默了的心。

91.

深夜里忽然睁了眼，

没来由地想哭，

用被子蒙起了头。

92.

跟他搭话，却没有回音。

仔细一看

隔壁床的患者，他正在哭呢。

　　短歌是我，悲伤的玩具

93.

靠着病房的窗，

看到了许久没见过的巡警，

真高兴啊。

94.

晴天的悲伤一种！

就是靠着病房的窗户，

品味烟草。

95.

深夜里，不知哪间病房骚动起来，

我想，大概是有人死了。

屏住了呼吸。

96.

给我号脉的护士的手，

在有些日子里温暖

在另一些日子里又冷又硬。

97.

住院后的第一个夜晚，

我倒头便睡了，

总觉得有点遗憾。

98.

总觉得

自己是了不起的人物，

真是孩子气啊。

　　短歌是我，悲伤的玩具

99.

揉着腑胀的肚子，

是医院病床上，独自的

哀愁。

100.

睁开眼，全身剧痛，

动弹不得。

一边想哭，一边等着天亮。

101.

湿淋淋地，出透了虚汗。

凌晨时分

还半睡半醒着的，沉重的悲哀。

102.

恍惚的忧伤，

到了夜里

就静静地爬到了我的床上。

103.

靠着医院的窗户，

看形形色色的人，

健康地行走着。

104.

"我已经看透了你的心底。"

梦里，母亲来了，

然后又哭着走了。

短歌是我，悲伤的玩具

105.

好像怕被偷走了心事似的，

忽然把胸口

从听诊器上退了开来。

106.

悄悄许愿，

我的病情恶化到

让护士们彻夜加班的程度吧。

107.

进了医院，

我又回到了

对妻儿慈爱的，真正的我。

108.

以后再也不说谎了——

这是今早的想法——

刚才又说了一个。

109.

总觉得，

自己就像是个谎言结成的团块似的，

闭上了眼。

110.

把至今为止的事，

都当作谎言来看，

但心里并没有一点快慰。

短歌是我，悲伤的玩具

111.

说要去当兵，

却让父母

费尽了心思的，当初的我啊。

112.

陶醉地，在心里描绘

挎着长剑，骑在马上的

自己的英姿。

113.

有位姓藤泽[1]的议员

我当他是我的弟弟，

还曾为他哭过。

---

[1] 藤泽元造，1908 年起担任众议院议员，1911 年因历史观问题
（"南北朝正闰问题"）公开质疑桂太郎内阁及文部省后辞职。

114.

有种

做下一件大大的坏事，

然后假装若无其事的心情。

115.

"你安静地睡一会吧。"

这是医生像说小孩子一样，

说了我的一天。

116.

冰袋下面

眼睛闪着光。

在无眠的夜里，憎恨人类。

　短歌是我，悲伤的玩具

117.

用发着烧的眼睛，

悲伤地看

春雪纷纷飘落下来。

118.

生而为人最大的痛苦

难道就是这样吗？

我忽然闭上了眼睛。

119.

查房医生的迟缓啊！

手压在剧痛的胸口上，

紧闭着眼。

120.

胸痛加剧的日子，

除了紧盯着医生的脸色

什么也不看

121.

生病时，心也变得弱小！

种种

催人泪下的事，全都集合在胸中。

122.

躺着读书，被书的重量

压累了时

休息双手，开始胡思乱想了。

短歌是我，悲伤的玩具

123.

今天，为什么呢？

再三再四地

想要一只金壳子的表。

124.

对妻子说了

总有一天，一定要，非出不可的那本书，

它封面的样子，等等。

125.

在春天里下着雨夹雪的日子，

胸口剧痛，

被药噎住，趴着，闭上眼睛。

126.

新做好的沙拉，颜色

喜人

拿起筷子想吃，却吃不下口

127.

训斥孩子时，这可怜的心。

妻子啊，请不要以为

这只是在高烧的日子里闹的脾气。

128.

半夜被棉被的重量压醒时，

我疑心

是命运来了，并且坐在了那上面。

129.

虽然觉得口渴难耐，

但连伸手

去拿个苹果的力气也没有。

130.

冰袋融化，变得温热时，

就自动醒过来，

全身疼痛。

131.

在梦里，听见杜鹃的叫声了

忘不了杜鹃

也是一种悲哀。

132.

背井离乡已经五年，

得了病，

在梦里听到了那杜鹃的叫声。

133.

杜鹃啊！

环绕涩民村，山庄树林的

清晨，让人怀念。

134.

来到故乡寺庙旁的

桧柏树上，

在枝头鸣叫的杜鹃啊！

短歌是我，悲伤的玩具

135.

被医生训斥了的年轻护士!

摸脉搏时手的颤抖

最是可怜

136.

不知什么时候，留在记忆里

那位叫 F 的护士的手的

冰冷。

137.

至少一次，

想走到尽头去看看，

那家医院漫长的走廊啊。

138.

想起床，

却立刻觉得困倦时，

无力的眼中愉悦的郁金香啊。

139.

连握紧的力气也渐渐没有了，

我枯瘦的手

实在可怜。

140.

我想，我这场病，

病根深，而且远。

我闭着眼睛想。

　　　短歌是我，悲伤的玩具

141.

可悲的是，

我心中有个不愿让病情缓和的愿望。

这叫什么心啊？

142.

"想要一个新的身体。"

我抚摸着

手术的刀疤。

143.

忘记了吃药，

却不知为什么，

觉得有点高兴的久病啊。

144.

博罗沃金[1]，这个俄国名字，

不知道为什么，

这一天想起了好几次。

145.

不知什么时候走到我身边，

握着我的手，

然后又不知什么时候离去的人们啊！

146.

朋友、妻子也觉得可悲吧——

拖着病躯，仍然

不住口地说着革命的事。

---

[1] 俄国无政府主义活动家克鲁泡特金在从事革命活动时的化名。
啄木在住院时曾反复阅读克鲁泡特金的《我的自传》。

147.

曾觉得疏远的

革命恐怖主义者[1]的悲哀心境——

有一天也变得亲近了。

148.

这样的处境,

已经碰到过好几次啦!

现在只觉得,随它去吧。

149.

忽然想到,

如果一个月有三十元的话,在乡下

就可以轻松地生活了吧。

_____

[1] 指克鲁泡特金。

150.

今天胸又痛了。

我想，要死的话，

不如回老家去死。

151.

夏天不知什么时候已经来到了，

用病后初愈的眼睛，愉快地看着

雨的明亮！

152.

病了四个月，

甚至开始怀念起那时不时变味的

药的滋味。

　　　短歌是我，悲伤的玩具

153.

病了四个月——

那中间仍然亲眼看着，

我的孩子每天都在长高的悲哀。

154.

看着健康的

个子越长越高的孩子，

我为何一天天地觉得愈发寂寞了？

155.

喊孩子来坐在枕边，

定定地注视着她的脸，

她逃走了。

156.

在我总觉得孩子

是个吵闹的东西的时间里，

这孩子，已经五岁了。

157.

但愿你不要像你爸爸一样，

也不要像爸爸的爸爸——

孩子啊，你的父亲是这样想的。

158.

可怜的是这个

（我也是如此）

骂也好，打也好，都绝不哭泣的孩子的心。

　　短歌是我，悲伤的玩具

159.

耳濡目染地记住了

"工人""革命"之类词语的

五岁的孩子啊。

160.

有时候，

想夸奖一下，扯着嗓子

大声唱歌的孩子。

161.

是想到什么事了吗——

孩子放下了玩具，老老实实地，

过来坐在了我身边。

162.

连吃点心的时间也忘了，

从二楼上，

看街上人来人往的孩子啊。

163.

新墨水的香气，

渗进眼睛里的悲伤。

不知何时，庭院已经变绿了。

164.

盯着草席的一处时

所想的那些事，

妻子啊，你要我说出来吗？

　　　短歌是我，悲伤的玩具

165.

那年晚春时，

因为生眼病戴的墨镜，

已经坏掉了吧？

166.

因为忘了吃药，

久违地，

被母亲训斥了，觉得很高兴。

167.

染上了拉开枕边的纸门

仰望天空的习惯——

因为这久病。

168.

体温稍高的日子里，因为不安，

心

变得像驯良的家畜一般。

169.

在插花还新鲜的早晨，

想如此这般地，写上一些东西，

取来了钢笔。

170.

这是一个我的妻子

言行像被解放的妇女 [1] 一样的日子。

我看着大丽菊出神。

---

[1] 指啄木的妻子堀合节子，因为啄木久病、生活困苦再次提出离
婚。此处的背景是 1873 年受妇女解放运动影响，日本开始允
许女方提出离婚。

短歌是我，悲伤的玩具

171.

就像等着没指望的钱一样啊。

睡下，起来，

今天也就这么过去了。

172.

对所有事都渐渐觉得厌倦的

这种感觉啊。

想到时，就抽根烟吧。

173.

说起在某市时的往事，

朋友说：

可悲的是，恋爱的故事里总夹杂着谎言。

174.

久违地，

忽然笑出声来。

因为觉得苍蝇搓手的样子很滑稽。

175.

胸痛的日子的哀愁，

就像好味道的香烟一样，

难以割舍。

176.

想惹出些什么乱子来，

觉得刚才的我

还是挺可爱的。

　　短歌是我，悲伤的玩具

177.

没来由地，给五岁的孩子

取了个"索尼娅"的俄国名字

叫起来就很开心。

178.

身处在解不开的

不和当中，

独自伤心，今天也发脾气了。

179.

养了只猫，

那猫也成了争吵的根源。

我可悲的家。

180.

让我一个人去租宿舍住行不行？

今天也差一点

说出这话来。

181.

有一天，忽然忘记了病，

学起了牛叫——

趁妻儿不在家的时候。

182.

可怜的我父亲！

今天也读厌了报纸，

跟院里的小蛾子去玩了。

短歌是我，悲伤的玩具

183.

把我这个

独苗儿子养成了这副样子，

父母也觉得可悲吧？

184.

连茶也不再喝，

祈祷我能痊愈的

母亲，今天又不知道为什么在发怒了。

185.

今天，忽然想跟邻居的孩子们玩了，

叫了却不来。

心情很不愉快。

186.

病也不见好，

人也不去死。

只有心情日渐变险恶的七八月。

187.

在买来囤货的药

送到的那天早晨，一同寄来的是

朋友怜悯我的汇款单的悲哀。

188.

训了孩子，

她哭，然后睡了过去。

我伸手摸了摸她微张着小嘴的脸。

短歌是我，悲伤的玩具

189.

靠近秋天的早晨，

没来由地，

生出一种肺好像变小了的感觉。

190.

入秋了！

触到电灯泡的温度，

手指的皮肤都觉得亲切。

191.

在午睡的女儿枕边，

买来了人偶装饰起来，

独自觉得欢喜。

192.

我说基督只是凡人，

妹妹的眼睛，悲悯地，

可怜起我来。

193.

把枕头摆在外廊上，

久违地，

亲近了傍晚的天空。

194.

院子外面，有条白狗跑过，

我回过头

对妻子说，我们也养狗吧。

短歌是我，悲伤的玩具

哨子与口哨

无尽的争论之后

一九一一 · 六 · 一五 · TOKYO

我们且读，且以论辩相斗，

而我们眼里的光辉，

并不亚于五十年前的俄国青年。

我们争论的是该为了什么，

然而，却没有一个人，用握紧的拳头捶打桌面，

喊出一声 "V NAROD[1]"。

---

[1] 俄国民粹派口号 "khozhdenie v narod"（俄语：Хождение в народ）的后半句，意为 "到民间去"。

我们知道我们求索的是什么，

也知道民众想要的是什么，

同时，也知道我们究竟该做什么。

其实，我们比五十年前的俄国青年知道得更多。

然而，却没有一个人，用握紧的拳头捶打桌面，

喊出一声"V NAROD"。

聚集在这里的都是青年，

永远在世上创造出新事物的青年。

我们知道老东西很快就要死去，

我们终会赢得胜利。

看吧，我们眼里的光辉，还有辩论时的激昂。

然而，却没有一个人，用握紧的拳头捶打桌面，

喊出一声"V NAROD"。

　　短歌是我，悲伤的玩具

唉，蜡烛已经换过三支，

盛着饮料的茶杯里漂着小飞虫的尸骸，

年轻的妇女，热情丝毫没有消退，

但她眼中，已有无尽的争论之后的疲惫。

然而，却没有一个人，用握紧的拳头捶打桌面，

喊出一声"V NAROD"。

一勺的可可

一九一一·六·一五·TOKYO

我明白，革命恐怖主义者那

悲哀的心——

言语和行动难以分离的，独一无二的心

代替被褫夺的言语，以行动来表达的心

将我与我的身体，一同掷向敌人的心——

而那是真诚与热情的人常怀的悲哀。

无尽的争论后，

啜一勺早已凉透的可可

在舌上的微苦里

我尝到了，革命恐怖主义者那

悲哀，悲哀的心。

短歌是我，悲伤的玩具

激烈的争论

一九一一·六·一五·TOKYO

我怎么也忘不了那天夜里激烈的争论，

对于在新社会中要如何处置"权力"

无端地，

同志中一位年轻的经济学家 N 与我的争论，

持续了五小时的争论

"你的话纯属煽动家的言论！"

终于，他如此放言，

声音宛如野兽在咆哮。

若没那张桌子横在中间，

他的手恐怕早就招呼到我头上。

我看着他那张微黑的大脸上，

充满阳刚的怒火。

五月的夜晚，已经来到凌晨一点，

有人站起身，打开窗户时

摆在 N 与我之间的烛火摇动了几下

大病初愈，却快活地涨红着的

我的脸上，夹着雨的晚风

如此清爽。

然后，我也不能忘记，那天晚上

K 纤柔的手上那枚戒指。

她通常是我们聚会上唯一的女性。

掠起垂发时

还有，修剪烛心时

短歌是我，悲伤的玩具

戒指总在我眼前闪光。

那是 N 赠给她的订婚信物，

但在那天晚上的争论里，

她从头到尾都站在了我这边。

书斋中的下午

一九一一·六·一五·TOKYO

我不喜欢这个国家的女人。

不小心弄洒的葡萄酒，

渗不透

正在读着的外国书

触手粗糙的书页上的悲哀

我不喜欢这个国家的女人。

墓志铭

一九一一·六·一六·TOKYO

我向来尊敬他

如今更加尊敬——

尽管在那个郊外的墓地的栗树下

埋葬他之后，已经过了两个月

从我们聚会的席上不见他的身影起，

已经实实在在地

过去了两个月。

他虽然不是雄辩家，

却是不可少的一员。

有一次，他说：

"同志，请别见怪我笨嘴拙舌。

我不擅长辩论，

但我有时刻起来的准备。"

"他的眼睛总是在斥责着空谈者的怯懦。"

一位同志曾这样评价道。

是的，我也屡次有过这样的感觉。

但如今再也不能从那双眼睛里受到正义的斥责。

他是劳动者——一名机械工人。

他一向热情而快活地劳作，

闲暇时，就与同志交谈，或者也常读书。

他不抽烟，也不喝酒。

他真挚而坚定，深谋远虑的性格，

让人想起汝拉山地，巴枯宁的战友[1]。

他顶着高热，倒在病榻上，

至死都不说一句谵语。

"今天是五一，是咱们的日子。"

这是他留给我们最后的遗言。

那天早晨，我们去探望病床上的他，

---

[1] 俄国无政府主义者米哈伊尔·巴枯宁的派别"汝拉联合会"，
以瑞士汝拉山区的工匠阶层为基础，后与第一国际分裂。

那天晚上，他就走进了永久的长眠。

啊，他宽广的额头，铁锤一般的双臂，

还有那既不畏惧生，

也不畏惧死，总是直视着前方的双眼，

闭上眼睛时，仍然宛在面前。

他的遗体，作为一个唯物主义者的遗体，

被葬在那棵栗树下面。

我们的同志为他选的墓志铭，是这样写的：

"我有时刻起来的准备。"

打开旧皮包

一九一一 · 六 · 一六 · TOKYO

我的朋友，打开了一只旧皮包，

在仄暗的烛影洒落的地板上，

取出了各种各样的书本。

全是些在这个国家被禁止的东西。

然后，我的朋友，翻出了一张照片，

说"就是这个"，塞进我手里，

然后他静静地靠着窗口，吹起了口哨。

那是一张说不上美丽的年轻女子的肖像^[1]。

---

[1] 指索菲亚·利沃夫娜·佩罗夫斯卡娅，俄国女性革命家。1881
年用炸弹暗杀俄国沙皇亚历山大二世。也是《悲伤的玩具》
177中啄木给女儿起名"索尼娅"的来源。

房子

一九一一·六·二五·TOKYO

今早，忽然，我睁开眼，

又想要一个可以称之为家的房子了，

就连起来洗脸时，也分明地在想着这件事。

做完了一天的工作，从单位归来，

小口啜饮着晚饭后的茶，再点一根香烟，

淡紫色的青烟，滋味令人眷恋。

没来由地，这件事又忽然浮现在了心头，

没来由，而且悲哀地。

它的地址距离铁路不要太远，

选一处稍微离开故乡的村子，

无须挂怀他人眼光的地方。

它是一座简洁的西式木造房子，

无须太高，也用不着什么装饰，

但有宽阔的楼梯、阳台和明亮的书房……

确实，还得有把坐起来舒服的椅子。

这几年，几次想过这座房子。

每次想起，都在心里描绘着它格局的微小变化，

看到油灯罩子洁白的颜色时，

就会鲜活地，想到住在那房子愉快的心情，

给哭泣的孩子喂奶的妻子，

在其中一个房间的一隅，面向那边，

在幸福中，嘴边浮现了梦幻般的笑容。

还有，那里庭院宽广，草木繁盛。

　　短歌是我，悲伤的玩具

到了夏天，夏天的雨，自顾自地落在草叶上，

发出令人舒适的声响。

院子的角落里，还种着一棵大树，

白油漆的木质长椅，放在树根脚下。

不下雨的日子，就应该从房间出来，

到那里去度过，

抽着那种烟雾浓郁而醇香的埃及烟草。

给从"丸善[1]"每四五日送来一批的新书裁边，

优哉游哉，等人通知吃饭。

还要把那些听到什么就大惊小怪地睁圆眼睛的

乡下孩子们聚集起来，给他们讲各种见闻……

没来由，而且悲哀地，

---

[1] 东京的老字号书店和文具店，位于日本桥，以经营西洋进口的
精品书籍和文具著称。

不知不觉，我已经告别了青年的韶华。

偶然浮现在因每月的生计而疲惫不堪的

城市居民繁忙的心中的是，

没来由，而且悲哀的，

却令人怀念，无论何时都舍不得丢弃的心思。

与无数难以满足的愿望一起，

尽管从一开始就知道是虚无，

然而还是以年轻时不为人知的恋爱般的眼神，

也不告诉妻子，只盯着那洁白的油灯罩，

独自，隐秘，热切地在心里想着。

　　短歌是我，悲伤的玩具

飞机

一九一一·六·二七·TOKYO

看啊，今天，在蓝天上，
飞机也高高地飞翔。

做杂役的少年，
在偶尔不值班的星期日，
和患了肺病的母亲两个人待在家中，
一个人费力地自学着英文读本，眼神疲惫……

看啊，今天，在蓝天上，
飞机也高高地飞翔。

时代闭塞之现状

——对强权、纯粹自然主义的末路
以及未来的考察

一

几天前，本版（《东京朝日新闻》文艺版）刊登了鱼住先生以《作为自我主张思想的自然主义》[1] 为题的论文，这篇文章对于当今我们日本青年思想生活的侧面——也是被忽视的侧面——做了比较明晰的指摘，值得我们注意。

---

[1] 鱼住折芦著，刊登于 1910 年（明治四十三年）8 月 22 日—23 日的《东京朝日新闻》文艺版。

然而被大而化之地称为"自然主义"的一系列思潮，起初就是各种矛盾杂乱无章的混合，我们至今也未对其进行过严谨的论证。思潮的正反两方，也就是所谓的"自然主义者"和"非自然主义者"，虽然从很早以前就或多或少地感知到了这种矛盾，但从一开始就把"自然主义"这个概念想得太过权威，忘记了从根柢上去解剖、分析这些矛盾，并从最根源的地方解决他们之间的争执。就这样，关于这个"主义"的论争已经不间断地进行了五年，但直到今天都没有人对其作出最一般性的定义。不仅如此，事实上，在纯粹自然主义早已在理论层面宣告死亡的前提下，在同样的名目下仍然有不断提出的、根本风马牛不相及的论点，以及对其全然无用的反驳，在这种已经完全失去了活力的状态中持续僵持着。一切都被卷入这些混乱的旋涡之中，如今我们中的多数人在心灵中遭遇了自我分裂的悲剧。我们丧失了思想的中心。

事实上，这种自我主张的倾向，在我们数年前开展新的思想生活时，就片面地和自然科学的、宿命论的、自我否定的倾向（即纯粹自然主义）——尽管两者本相扦格——结合在了一起，并且时常被视作后者属性之一。不过近来（纯粹自然主义确定了他们对现实人生的旁观态度以来）的倾向，终于显现出两者之间无法跨越的鸿沟。从这个意义上而言，鱼住先生的批评可谓正当其时。然而，与此同时，我们还是无法对他论文中包含的重大谬误视而不见。这是立论者为了将他的批评建构成一套理论，为了宣扬"作为自我主张思想的自然主义"，而强加于我们的一种虚伪；是立论者为了让我们

短歌是我，悲伤的玩具

理解原本自相矛盾的两种思想倾向竟然不可思议地"同居"了五年，而自作主张捏造出的概念。也就是说，这种"同居"完全是为了对抗双方共同的仇敌——国家的权威——而进行的政治联姻。

其中显而易见的谬误，或者毋宁说是显而易见的虚伪兹不详述——我们日本的青年，从来也没有与那所谓的强权 [1] 发生过任何冲突，因而也就从来没有任何机会把国家当作仇敌。纠正立论者谬误的尝试，大概对今天的我们而言也会成为一种新的悲哀。因为我们现在对自

---

[1] 将强横专制的国家权力称为"强权"的做法来自日本明治时期的社会主义者幸德秋水，其在翻译克鲁泡特金著作时将国家权力翻译为"authority（强权）"。20 世纪初日本政权长期被多次出任首相的桂太郎及其政治后台山县有朋把持，二者都是长州藩出身的陆军军人，执政期间积极扶持藩阀和军人势力，反对政党政治，压制自由主义、社会主义等进步思想。啄木提到的"强权"多数可以理解为以山县有朋为后台的桂太郎政权。

身的理解仍然相当不透彻，而且我们不得不承认，我们的今天，以及一路走到今天的一系列处境，比起那与强权为敌的不幸来，实在是更为不堪的。

如今，我们之中无论是谁，只要沉下心来思考一下那种强权与我们自身的关系，就必定会因发现其间横亘的巨大隔阂（并不是不和）而震惊。在这个国家里，明治新社会的形成全被委于男性之手，而所有的女子在过去四十年间都被规训为男子的奴隶（法律上、教育上和现实的家庭生活中皆然），而且似乎还对此心满意足——或至少是全然不知抗辩；我们青年，也出于同样的理由，将关于国家的一切问题（无论是当下的问题，还是属于我们时代的未来的问题）都交由父兄辈来处理。不管这是出于我们自身的意愿或权宜，还是出于父兄辈的意愿

短歌是我，悲伤的玩具

或权宜，又或者是出于双方都未能意识到的其他原因，总之上述状态已是事实。只有在与我们个人的利害相关时，关于国家的问题才会进入我们的脑子里。事情一过，就又变得事不关己起来。

二

当然，思想的产生未必需要特殊的接触或契机。我们这些青年人，都曾在某一时期因征兵检查而感到非常恐惧；原本属于全体青年的受教育权，成了一部分人——拥有富裕的父兄辈的人——的特权，简单粗暴的考试制度又进一步把有权受教育的人限制在这部分人的约三分之一中，这也是事实；抑或是目睹剥夺了大多数国民温饱的高额租税的用途。[1] 这些极为普通的现象，都能够成为让我们开始自由地探讨那种强权的动机。虽然我们早就应该开始进行自由的探讨了，但实际上，不知该说幸运还是不幸，我们的认知并没有进展到这个程度。这背后是某种日本人特有的逻辑[2] 在起作用。

今天对于父兄辈我们需要警惕的地方正在于此。这种逻辑或许在我们父兄辈的手中时确实是保卫国家、建设国家最重要的武器[3]，然而一旦转移到我们青年人的手中，就得到了一个匪夷所思的结论："国家必须强大，我们没有

---

[1] 此处啄木列举的是三项国民权利／义务，分别是全民义务兵役制、平等的受教育权和财政税款的用途（主要指高额军费）。在日本明治宪法的框架内，这三项权利／义务均属于天皇统治大权的范围。"青年"没有参政议政的权利，也就无法自由地探讨这些规定的是非对错。

[2] 指"天皇万世一系"和"忠君爱国"的政治观。

[3] 指日俄战争的胜利。

任何理由去阻碍这件事，但要我们帮忙那就算啦。"这岂不就是今天几乎所有比较有教养的青年对国家事不关己的"爱国心"的全部体现了吗？这一结论，特别是在有志投身实业界的部分青年中更加明确，曰："国家凭借着帝国主义日渐强大起来，这无疑是一件好事。所以我们也要亦步亦趋，对正义、人道之类一概不顾，以努力赚钱为要。哪有什么忧国忧民的闲暇呢？"

与哲学上的虚无主义一样，这种比"爱国心"更进一步的东西早已窜入我们心中。乍看之下似乎是与强权敌对，实际上却并非如此，毋宁说是顺从了本应是仇敌的对象之后的结果。正如他们对一切人类活动都冷眼相看一样，对强权的存在本身也抱着与我无关，也可以说是绝望的态度。

如此，我们就明白了鱼住先生所谓"共同的仇敌"实际上根本不存在。这倒不是说这个敌人没有作为敌人的性质，而是我们并没有真正地把它当作敌人来对待。那种（彼此矛盾的两种思想的）结合，并非出于外因，而是从意识到两种思想的对立开始直到今天为止的这一期间里，两者其实都没有敌人这一原因所致。（参照后段）

从这种谬误出发，鱼住先生进一步指责自然主义者中的一部分人尝试与国家主义达成妥协的尝试是"不彻底"的。如今我倒是完全可以理解立论者的心情。然而，既然国家至今为止都不是我们的敌人，加之构成"自然主义"这个概念内涵的思想核心也并不明确，那么我们究竟凭什么轻率地称其为"不彻底"呢？除此之外，这种"不彻底"，即便如立论者所言，

短歌是我，悲伤的玩具

是作为自我主张思想的不彻底，却未必是作为自然主义的不彻底。

所有这些谬误，都来自立论者虽然指出了自然主义这个概念中蕴含的矛盾，却并未对此加以严谨的探讨；来自把所有近代的思想倾向都称为"自然主义"的罗马帝国式的可笑妄想。这种人云亦云，是今天几乎所有言必称自然主义的人们共通的目光短浅。

三

当然，自然主义的定义至少在日本还没有定论。因此我们即使各取所需地随意使用这个概念，也不必担心被人挑刺。尽管如此，深思熟虑的人还是不应该这样做——当一条街上住着七八个乃至十来个同名的人时，该有多麻烦呢？单是为了避免这种麻烦，我们也有必要在统一思想的同时，对名目加以整理。

请看吧，田山花袋（小说家）、岛崎藤村（小说家）、长谷川天溪（评论家）、岛村抱月（评论家、戏剧导演）、岩野泡鸣（小说家）、正宗白鸟（小说家、剧作家）[1]，还有今天已经被人遗忘的小栗风叶（小说家）、真山青果（小说家、剧作家）[2] 等等，这些人都被均等地称为"自然主义者"。然而除了这个头衔，如今根本看不到他们身上有任何共通点。虽说即便信仰同一主义的人也未必要写同样的东西、执同样的论点，但对于白鸟与藤村、泡鸣与抱月对人

---

[1] 上述均为自然主义代表人物。

[2] 小栗风叶和真山青果两人为师徒关系，1905 年前后较为活跃，但本文写作时（1910 年）声望已经衰退。

　　短歌是我，悲伤的玩具

生截然相反的态度，我们又该怎么解释呢？诚然，这些人的名字已经在历史上有了定论，难以遽然更改。然而，更进一步的问题是：我们该如何理解从那些体现自然科学、宿命论、静态与自我否定的表述（如"暴露现实""不提出解决方案""平面化的描写""整齐划一的态度"），逐渐转向表达动态的、自我主张的表述（如"欲望的第一义性""人生批判""主观的权威""自然主义中的浪漫成分"）这一过程呢？永井荷风[1] 受了自然主义者的推崇和赞美之辞，如今再让他读这篇《作为自我主张思想的自然主义》的论文，又要让他以怎样的逻辑来承认呢？这些矛盾，不是乍看之下有点出入，而是

---

[1]　日本小说家、散文家。创作初期被视为自然主义风格，后来转向与自然主义的审美主张截然相反的耽美主义或新浪漫主义。

越看越觉得无可调和。就这样，如今的"自然主义"概念简直如同斯芬克斯一般，片刻不停地变幻着自己的身体和容貌。当我们问"自然主义是什么？其中心又在何处？"的时候，他们之中能有一个人站起来回答吗？不，他们准会一齐站起身来，然后各自给出牛头不对马嘴的答案。

而且，这种混乱并不限于他们内部。今天的文坛中，除了他们还有不少不认可"自然主义"这个名目的人。然而这些人与自然主义者到底又有多少差别呢？举例来说，在不远的过去曾经遭到自然主义者抨击的享乐主义，与当时持旁观论的自然主义相比，除了一边稍微奢侈一点而另一边比较清贫，到底能有多大分别呢？倡导新浪漫主义的人和倾诉主观苦闷的自然主义者的心境，又有多大区别呢？从暗娼窝

点 [1] 里走出来的自然主义者的面孔，和从青楼妓馆 [2] 中走出来的艺术至上主义者的面孔，所表现出来的丑恶之间又有什么高下之分呢？换个例子，小说《放浪》[3] 所描写的那种"灵肉合一的完全自我行动"，除了逻辑和表象层面的新意，与曾经被归入本能满足主义范畴的行为又有什么区别呢？

鱼住先生对于这种一望可知难以收敛的混乱状态，给出了相当草率的解释，即所谓"这种奇妙的结合（自我主张与决定论的结合），其名曰自然主义"。或许这的确是对于这一状态最省事也最机灵的解释吧。然而我们要觉悟的是，

---

[1] 原文为"淫壳屋"，指无照经营的地下暗娼。

[2] 原文为"女郎屋"，指持有执照的明娼。

[3] 岩野泡鸣的"自传五部曲"之三。泡鸣提倡"神秘的半兽主义"，小说中常描写混乱的男女关系等内容。

一旦承认了这一解释，就难免要犯下某种惊人的罪状。因为只要人类的思想与人类的自我密切相关，就不可能跳出"自我主张的"或"自我否定的"这两个论调。也就是说，假如我们承认了立论者的说法，今后一切人类的思想就都得被称为"自然主义"了。

如果回溯到自然主义思潮发生的时候来思考，立论者的这一谬误就更加明晰了。被称为"自然主义"的自我否定倾向，众所周知是日俄战争之后才渐渐兴起的，但实际上早在那之前——大约十年前就已经存在了。新的名称应该给全新的事物呢，还是给与以前就存在的东西相结合的事物呢？而且这种结合的起因，如前所述，在于两者都没有仇敌（一方是不具备与人敌对的性质，另一方则根本没有敌人）；换个角度来看，两者的经济状态又曾有一定程度

　　短歌是我，悲伤的玩具

的共通之处（一方不具备拥有理想的性质，另一方则失去了理想）。说得更具体一点，所谓"纯粹自然主义"，实际上是以一种反省的形式从另一边分化出来的东西。

这种结合的结果，时至今日如我们所见，最初两者和谐共存，后来对于纯粹自然主义者来说只需要简单地旁观并承认的事情，其"同居者"却肆无忌惮地去实行，甚至大鸣大放。于是这对奇怪的"夫妻"便开始了最初的，也是最终的争吵。所谓"实行"还是"旁观"的问题就在于此。因为这场争论，纯粹自然主义者决定认为最初那种划清界限的态度是正确的，这也宣告了它理论上的末路，这一结合完全从内部断裂了。

四

就这样，如今的我们只剩下对于自我主张的强烈欲望。与自然主义兴起时一样，现在我们也陷入了失去理想、方向和出口的状态，只剩下长时间郁积的自身的力量无处宣泄，至今仍然难以意识到与纯粹自然主义的结合已经断裂。今日我们的青年身上那一切内讧的、自毁的倾向，都在分明地述说着这种失去了理想后的可悲状态——事实上这正是"时代闭塞"的结果。

看吧，我们如今能在哪里找到出路呢？有一位有志于成为教育家的青年，他认为所谓教育，就是为下一代人牺牲自己在这个时代所有的一切。然而今天的教育，只不过是为了教育出"今天"需要的人，他要当的"教育家"，其工作只是终生重复着读本一到读本五[1]，或者为了教授其他学科最初级的内容每天拼死准备讲义而已。如果他去做点别的事，那就没法再在教育界安身立命了。还有一位青年有志于造出某种重要的发明。然而在今天，一切的发明实际上都和一切的劳力一样毫无价值，除非它能得到那名为"资本"的神奇力量的加持。

时代闭塞之现状并非只限于个体问题。今天我们的父兄辈对普通学生中的风气变得"务实"感到十分欣喜。然而这种"务实"难道不是因为今天的学生还是在校生时就得开始操心就业问题吗？而且就算再怎么"务实"，每年几百所公私立大学的毕业生中，难道还不是有一半人找不到工作，终日在宿舍里碌碌无为吗？

---

[1] 泛指一年级到五年级的教科书。

而且他们已经是比较幸福的了。如前所述，有比这些人更多十倍百倍的青年，不是半途中就被褫夺了这种受教育的权利吗？在教育中半途而废的人，就会度过半途而废的一生。他们毕生勤勤恳恳，却没有人让他们赚到三十日元以上的月薪。他们当然不能就此满足，于是在今天的日本，名为"游民"的奇妙阶层渐次增加了，现在不管去到多么荒僻的村里，少说也有三五个人是中学[1]毕业。而他们的事业，实际上只是在一边闲谈，一边守着父兄的财产坐吃山空罢了。

　　围绕着我们青年的空气，如今愈发凝滞了。强权的势力遍布国内，现代社会组织无远弗届。

[1] 日本旧学制中，"中学毕业"大约需要10—13年教育年限，类似于现代的高中。旧制"高等学校"为大学预科，属于高等教育的一部分。

　　　　　　　　　　短歌是我，悲伤的玩具

从那制度的缺陷日渐变得昭然若揭的进程中，就能够看出这种现代化的发展已经愈发靠近终结。该怎么评价除非发生某种偶然状况，例如战争、丰收、饥荒，经济领域就看不到任何振兴的希望的经济界呢？又该怎么评价在丧失财产的同时也丧失了道德心的卖淫女急剧增加呢？此外，对于今天被我国法律定罪之人的数量正在以惊人的趋势增长，其结果是眼见着国法只能适用于少部分人的情况（轻微罪事实上不起诉，在东京和其他都市中卖淫行为因为没有收押场所而事实上变成了半公开的状态），又该怎么评价呢？

正如读者们周知，对于此等时代闭塞之现状，我们之中最激进的一群，选择在各个方面主张"自我"。实际上，到了他们对来自"自我"本身的压抑一忍再忍、忍无可忍的时候，他们便会从困住他们的木箱板子最薄的地方或空隙处（即现代社会组织的缺陷之处）盲目地突进。今天的小说、诗或和歌几乎全沦为招妓、卖淫、嫖娼以及野合、通奸之类的记录，绝非偶然。我们的父兄辈对此并没有什么攻击的权利——这些难道不全都是国法所认可或半认可的事吗？

我们中的另一部分，用一种不可思议的方法对这种被剥夺了"未来"的现状表示尊敬与顺从，即回头去看元禄时代[1]。看吧，他们那种亡国遗老般的感情，通过对其祖先曾遭遇过的时代闭塞状态的共鸣和怀念，是如何不留遗

---

[1] 指以永井荷风、儿岛春奈为代表的"新戏作派"作家在"大逆事件"发生后，对时局失望，转向模仿元禄时代的市井文学。啄木认为这种文学虽然有审美上的成就，但实际上表现了逃避现实的态度。

　　短歌是我，悲伤的玩具

憾地尽情挥洒其美感的呢?

眼下,我们青年为了从这自毁状态中脱身,已经来到了必须意识到"敌人"存在的时期。这不是出于我们的愿望或者其他的理由,而是势所必至。我们必须团结起来,首先向这时代闭塞之现状宣战。抛弃自然主义,也停止盲目的反抗或回望元禄时代,将全部精神倾注到对明日——属于我们自己的时代——的有组织的考察中去。

五

对明日的考察!这是我们当下唯一,也是全部应该做的事。

这种考察应该从什么方面,怎样开始呢?

这当然是个人的自由。然而在此之际，结合我们青年过去如何主张"自我"，又如何失败的经历，也并非不能预测我们今后的大致方向。

我们明治青年，大抵是以成为对父兄辈一手建立的明治新社会有用的人物为目的接受了教育，在此期间开始认识到青年自身另外的权利，而开始自发地主张"自我"。众所周知，这一现象是在甲午战争之后，随着全体国民"公民"意识的觉醒而出现的。发出这第一声的，就是被一部分人承认为自然主义运动先驱的樗牛[1]的个人主义。（这一时期，我们还未形成对

---

[1] 高山樗牛，明治时代的作家、思想家，曾翻译过歌德的《少年维特之烦恼》和尼采的哲学著作。樗牛思想较为驳杂，受德国浪漫主义、尼采学说和日莲宗佛教等多方面影响，在甲午战争后曾提倡个人主义，同时反对社会主义等"弱者思想"，后来思想倾向开始通过日莲宗佛教接近日本国家主义。

　　　　　　　　短歌是我，悲伤的玩具

既存强权[1]的他者意识。樗牛在后来几年，就像他的友人尝试在自然主义与国家观念间进行妥协一样，尝试在日莲宗佛教中强迫他的主义和既存强权"联姻"。）

樗牛个人主义破产的原因，当然在于其思想自身。也就是说，他的思想中含有大量认为人类"伟大"的因循式的迷信，同时对一切的"既存"与青年间的关系的认知却相当局限（正如日俄战争以前的日本人的精神活动在所有方面都是有局限的）。这种思想正如"恶魔的低语"一般（借用他评价尼采的说法）触动了当时的青年，但当他离开"未来"的设计者尼采，转向日莲这样一个作为迷信偶像的"过去"之人时，思考"未来的权利"的青年之心，不用等

[1] 此处和下文的"既存"均指代天皇制下的专制国家权力。

到他去世就已经早早地远离了他。

　　我们该如何评价这一失败呢？不去触动一切的"既存"，想要在其中靠我们自己的力量建设属于我们的新天地完全是不可能的。由此来到了我们未曾意料到的第二个经验——追求宗教的时代。在当时，它被视为对前者的反动，被批评为个人意识的过度发展最终导致了难以忍受的泛滥的结果。但这种说法并未切中要害，因为那充其量只是方法与目的的位置上略有差异而已。起初是尝试通过自力在"既存"中主张"自我"，后来则变成了利用他力在"既存"之外追求同样的东西而已。第二个经验自然也遭遇了凄惨的失败。当我们阅读梁川[1]那抱着纯粹和唯美的感情写下的异于常人的宗教实验

---

[1]　纲岛梁川，明治时代的思想家、基督徒，其思想曾受到佛教禅宗和净土真宗的影响。

报告[1]时，也会泛起对那种清净心的憧憬之情，但总是无法忘记他是一个肺病患者的事实。不知何时混入我们心中的，名为"科学"的巨石的重负，总是阻止我们翱翔于九皋之上。

第三个经验，不必说就是与纯粹自然主义相结合的经验了。在这个时代，曾经是我们敌人的科学现在成了我们的伙伴。这次经验在前两次的基础上，给了我们一个重要的教训："一切美妙的理想皆是虚伪的！"

经历上述三个经验，我们今后的方针基本上已经确定。也就是说，我们的理想不应该再是对"善""美"的空想。拒绝一切空想，留存下来的只有一种真实——"必要"！这就是我们向未来所要所求的一切！现在我们必须最为严

---

[1] 指纲岛梁川 1905 年发表的《病间录——我面对神的实验》。

谨、大胆、自由地研究"今日",并由此发现对我们自身来说的明日的"必要"。"必要"才是最具现实性的理想。

然后,在发现了我们的理想之后,我们又要用什么方式、在哪里追求它呢?在"既存"的内部还是外部?对"既存"置之不理,还是与之对抗?要通过自力还是要凭借外力?这些问题的答案已经昭然若揭了。今日的我们已经不是昨日的我们,因此也绝不会重复过去的失败。

文学——在过去的自然主义运动前期,那些对"真实"的发现与承认,作为"批评"带来刺激的时代过去之后,沦为单纯的"记录"和"讲故事"的文学,如今其精神不是也逐渐又一次觉醒了吗?当我们青年的心在占领了"明日"之时,一切的"今日"将会得到最贴切的评判。埋头于时代的人无法批评时代。而我对于文学的追求，正在于批评二字。

译后记

在完成了这本啄木诗文集的翻译之后，一直在苦恼该怎样介绍啄木的生平时，我偶然读到了《陀螺》。这是周作人翻译的一组"小品诗歌集"，收录了二百多首世界各国的短诗，其中包括啄木所作和歌二十一首及现代诗五首。在译文前的简介中，有一段作者小传，堪称大师手笔：

　　石川啄木（1885—1912），本名一。初在乡间当小学教师，月薪仅八元，常苦不足，流转各地为新闻记者，后至东京，与森鸥外与谢野宽诸人相识，在杂志《昴》

　　　　短歌是我，悲伤的玩具

的上面发表诗歌小说，稍稍为有识者所知。但是生活仍然非常窘苦，夫妻均患肺病，母亦老病，不特没有医药之资，还至于时常断炊。他的友人土岐哀果给他编歌集《悲哀的玩具》，售得二十元，他才得买他平日所想服用的一种补剂，但半月之内他终于死了，补剂还剩下了半瓶。他死时年二十七，妻节子也于一年后死去了。

啄木的和歌清新、恬淡，擅长捕捉日常生活中打动人心的微小瞬间。他采用"短歌"为主要创作形式，但开创性地把短歌原本一首一行的格式分成了三行，不避讳在其中使用现代口语，甚至是音译的外来语，在本属于古典的文体中营造出独特的现代风味。如果用一个词概括对啄木的印象，大概会是"纯真"或"童趣"，与丰子恺（他也是把啄木文学译介到中国的先行者之一）的漫画有所相通。十多年前互联网上曾流行过"三行情书"，可以说滥觞于啄木的三行体和歌。单凭文字带来的印象，很难想象他度过的是如此悲苦苍凉的一生。

啄木出生于日本东北地区的岩手县日户村，父石川一祯为曹洞宗僧侣。啄木出生时，因为父亲僧侣身份的限制，只能登记为私生子。幼年的啄木身体病弱，需要每月服药。一岁时，父亲一祯前往位于涩民村的宝德寺担任住持，全家随之迁往，啄木在此度过了幼年及小学时代，这期间可以说是他短暂人生中为数不多的明亮的日子。年幼的啄木作为家里的独子受到了来自父母的加倍宠爱，并展现出了早慧的特质。据岩城之德的《啄木传》记载，他于五岁时入涩民村寻常小学校就读，九岁时以年级首席的成绩毕业，十二岁升入盛冈中学校，在应试的一百二十八人中名列第十。然而，本应高光的中学生涯却成了他不幸的开始，三年级时，他因参加罢课活动被视为学生中的"异端分子"。同时沉迷于文艺活动，偏科严重，旷课缺席日渐增多，在最终学年的代数考试中试图作弊被取消了成绩，未能取得中学文凭。

1902年10月末，十六岁的啄木从中学退学，不顾家人反对只身前往东京，有志以文学为业。同乡前辈野村胡堂劝他先完成学业，但他尝试在东京的中学校插班入学和报考正则英语学校高等科的努力均告失败。次年2月，盘缠耗尽，入学亦无望，只能写信向父亲求告，返回家乡。《一握砂》之15（你这飘然离家／又飘然归家的脾性呀／朋友笑言道）和41（平白无故／只因寂寞就出门的人／我已经当了三个月）推测即与这段经历有关。

　　1904 年，石川一祯因未缴纳宗费被曹洞宗宗务局罢免了寺庙住持的职务，一家人陷入衣食无着的境况，十八岁的啄木不得不担负起养家糊口的责任。然而因没有中学文凭，始终找不到稳定的工作，只能靠少量稿费和编辑工作的收入度日。曾主编文艺同人杂志《小天地》，收到正宗白鸟、岩野泡鸣等自然主义大家的投稿，在文艺界颇受好评，但只出了一期便告停刊。1906 年，经家人四处请托，终于在母校涩民村寻常小学校谋得了一份代理教员的工作。周作人的小传中"初在乡间当小学教师，月薪仅八元"即指这一时期。虽然收入微薄，但这是啄木人生中难得安稳欢乐的一年，他的授课在小学生中广受好评，自称"日本第一的代理教员"。在《一握砂·烟·二》中，留下了许多对涩民村的深情回忆。

在此期间啄木开始尝试创作小说，先后写了《面影》《云是天才》等短篇，均未获发表；在《明星》杂志上刊载的《葬列》也没能得到文学界的反响。啄木的小说整体而言属于日本自然主义运动影响下的产物，其中一部分曾由丰子恺先生译成中文，在 1958 年由人民文学出版社结为《石川啄木小说集》出版，但无论是在日本还是中国，除了研究者很少有人问津。明眼人一读便知，啄木写起小说来笔调涩滞，情节也略显枯燥，完全不及诗歌中的轻盈灵动。实际上他擅长的只有诗，尝试写小说主要是迫于生计，为了赚取更多稿费。对于这一点，啄木自己其实心知肚明。在日后发表的文学评论《可以吃的诗》中他曾回忆道：

二十岁的时候，我的境遇起了很大的变动。回乡的事，结婚的事，还有什么财产也没有的一家人糊口的责任，同时落到我的身上了。我对于这个变动，不能定出什么方针来……特别是像我这样一个除了作诗和跟它相关联的可怜的自负，什么技能也没有的人，所受的痛苦也就更强烈了。

因为无法写诗，他一度对诗起了憎恶之心——简直像漫画《灌篮高手》中不能打球的三井寿憎恶篮球队一样：

我从自己的阅历上想来，无论如何不愿意认为诗是有前途的。偶然在杂志上读到从事这些新运动的人们的作品，看见他们的诗写得拙劣，我心里就暗暗地觉得高兴。散文的自由的国土！我虽然没有决定好要写什么东西，但是我带着这种漠然的想法，对东京的天空怀着眷恋。

不过他的霉运并没有因为这种表态而停止。1907 年 3 月，父亲因复职无望，突然离家出走，音信断绝。同年 5 月，啄木只身前往函馆，在函馆区立弥生寻常小学校和《函馆日日新闻》报社同时打两份工才得以勉强糊口。但仅仅过了三个多月，学校和报社便都被一场大火烧光。其后的一年间啄木在北海道辗转于多个地方，包括札幌、小樽和钏路，但始终不能安定。直到 1908 年 5 月，终于在欣赏他才华的同乡前辈金田一京助的支援下离开钏路，在东京定居，次年 3 月在《东京朝日新闻》得到了一份校对工作。此时啄木人生的倒计时只剩下三年。

　　恶劣的生活作风和金钱观加重了他的生活困境。十八岁时，啄木不顾家人朋友的强烈反对，与中学时代就开始热恋的女友堀合节子结婚，但在后来辗转的生活中对函馆弥生寻常小学校的同事——女教师橘智惠子也抱有爱慕之情，在钏路期间又与艺妓"小奴"相好，以这两段恋情为题创作了不少情诗（关于小奴见《一握砂》之391—402，橘智惠子见415—433）。经济窘迫加感情不专，使得啄木的家庭氛围非常紧张，因此在歌中提到"家"时，总是沉闷、压抑，出现想要逃离的意象（如《一握砂》之84：总算是离开了家/阳光温暖/我深吸了一口气）。为了逃避回家，啄木在工作闲暇时经常漫无目的地出门游荡，而一旦手里有了钱，就会立刻去浅草的酒肆娼馆里花个干净。身无分文之后再预支工资稿酬或向朋友借贷。金田一京助为了支持啄木的生活，多次出卖藏书甚至典当衣物。在啄木病故后，仅有据可查的欠款就超过两千五百日元，与之相对照，他生前的月收入始终维持在十至二十日元之间。

实在很难想象，这样一个中学没毕业、财务状况一塌糊涂、私生活和个人信用都一败涂地的废柴青年，竟然能凭借几百首短短的和歌在百年之后还被人尊称"文豪"，但当年确实有人坚信这一点。除了金田一京助，啄木在《东京朝日新闻》的上司、社会部长涩川柳次郎读了啄木发在报上填充版面的几首和歌后，也对他的才华大加赞赏，表示"我会尽可能给你行些方便，请你务必将它（和歌）当成发展自己的手段"。根据啄木日记的记载，正是在这句话的激励下他才开始修订整理自己零敲碎打的和歌，编成歌集谋求出版。最初找到的出版社因为他要求立即支付十五日元稿酬拒绝了，后来在东云堂的西村阳吉——此人后来被视为啄木精神的后继者，延续了"生活派短歌"的风格，此时还只是个十九岁的年轻编辑——的坚持下，终于在啄木的长子真一出生的那天签下了歌集的出版合同，稿酬共计二十日元。

真一生来病弱，几个月后在歌集《一握砂》校样出来的当天便夭折。二十日元的稿费，正如《一握砂》前言中所说，"已化作你曾服下的药饵"。因此，最终出版的歌集又加入了八首对亡儿的挽歌，共计551首，形成了现在读者看到的样子。这也是啄木生前唯一出版的作品集。

啄木本就是多愁善感的诗人坯子。在《一握砂》中，生活的困苦、文学之路上的不遇、对父母的怀念，以及感时忧国的政治抑郁喷薄而出，凝聚成了一本情感充沛、极具力量感的歌集。与和歌这种传统上讲求"风雅""委婉"的体裁迥异，给读者留下的印象毋宁说是冲击性的。

在歌集的第一章《自爱之歌》中，啄木开宗明义地树立起了一个脆弱易感，因为种种不如意徘徊在海边哭泣的青年男子形象（1：东海小岛岸边的白砂上／我泪流满面地／与螃蟹嬉戏）。"东海小岛"既是实指（岩城之德认为这个场面来自啄木在函馆时游览大森滨的回忆），也可以虚指整个"东方的小小岛国"日本。接下来一连串的歌同样保持着虚与实、记忆与想象的交织。在翻译的过程中让人忍不住反复考证，或在无可考证之处凭想象补全歌的内容与啄木个人经历的对应关系。甚至因此生出了一种正在阅读意识流小说的感受。试举几例如下：

2：怎么也忘不了 / 那个连泪水也不拭去 / 给我看一握砂的人（这个人是谁？是旅途中的偶遇，还是啄木记忆中的自己？）

3：离家出走了 / 打算独自面对大海 / 一连哭上七八天（此处的"离家出走"，是走出家门，还是抱着一去不返的决心的"离家出走"？）

4：徒手掘砂丘的砂 / 掘出一支 / 锈迹斑驳的手枪（"手枪"出于想象的可能性大于真实。其是否象征着啄木倾心的俄国革命党？是否能与《哨子与口笛·一勺的可可》中"革命恐怖主义者那悲哀的心"共鸣？）

8：窸窸窣窣 / 握紧时就从指间落下 / 无生的砂的悲哀（在 2 中为什么给人看一握砂时会含着泪水？是在感慨砂的同质化和无生命？或是以愈是紧握愈是从指间流逝的砂象征无法把

握的时间？）

10：在砂上／写下一百多个"大"字／放弃了死，回家去（能否理解成3的后续和"砂"系列的结局？原本离家出走、打算投海自尽的男子，在百无聊赖地写了一百多个"大"字后终于丧失了自杀的决心。）

"砂"系列结束之后，我仍忍不住在后面的歌中反复想象这次自杀未遂的原因。是无颜面对早已离散的父母（13、14、16），工作的疲惫和不如意（19、20、21），难以名状的抑郁、焦虑和惊恐（17、18、24），或是愤恨时局，对只能为了衣食奔走"利己"的自我的懊恼（43、48）？千头万绪的重压下，自杀的念头时时萦绕在心间（29、31、36、59、71等）……

当然，诗的魅力在于其含混多义（ambiguity）的属性。关联作品与诗人经历，或考据篇目间的相关性，不见得是最正确的鉴赏方式，更不是解读的唯一路径。在后记中做这般画蛇添足的阐释，主要是试图为整个歌集找到一个可能存在的共通语境，希望能为读者展示这些看似碎片状的和歌之间可能存在的千丝万缕的联系。意识到这种语境的存在，或许能让读者在阅读过程中享受到更多的乐趣，同时也是对这个译本中一些细节处理为什么与周作人的经典译本不尽相同的一种解释。

在写作第二歌集《悲伤的玩具》时，啄木已经病重，直到死后两个月这本歌集才得以面世。因此这本歌集从第一首起就笼罩着一层阴郁不祥的病中气氛（1：呼吸时，/胸中有声音作响。/那声音，比秋风还要寂寥！）。严格来说这并不是一本成熟的作品集，而是《一握砂》出版后写下的和歌遗稿集。根据岩城之德的考证，啄木在逝世前大约一周时，从报社预支的工资早已用罄，手上全部的钱仅有一元五十二钱五厘。友人若山牧水和土岐哀果可怜他的处境，仍然去拜托西村阳吉，向东云堂预支了二十日元算作下一本书的稿酬，付款时，出版社并不知道自己会拿到什么稿子。作为这笔预支稿酬的交换，啄木将自己的笔记手稿交给土岐哀果编辑。最初书名为"一握砂之后"，后来出版社为了不与第一歌集混淆，从他过去的和歌评论文章中取了"歌是我悲伤的玩具"一句中的"悲伤的玩具"，作为后来的标题。

在《悲伤的玩具》中，啄木不仅延续了三行体的形式，而且采用了更口语化的文体，并尝试加入了大量包括破折号、双引号和感叹号在内的新式标点，将和歌彻底改造成了一种仅剩下音节数限制的自由体现代诗。相比《一握砂》更贴近传统和歌工整、静谧的诗意，《悲伤的玩具》读起来或许会有一种非常"吵"或"躁"的感觉，像是有人在耳边大声说话。两集风格差异之大，几乎类似于"披头士"与"性手枪"乐队，显示出啄木在和歌中不断探索新形式的努力。在翻译《悲伤的玩具》的过程中我也有意识地放大了这个特点（如 51：用手拍打着 / 好像在等着那睡意回话一样 / 就像那种不耐烦似的，不耐烦！73：旧报纸！/ 啊呀，这里写着对我的歌的赞美，/ 虽然只有两三行。），希望读者在阅读过程中也能够注意并享受这种强烈的风格转换。

在啄木刚刚找到适合自己的文体，还没来得及充分施展才华时，死亡便已经先于声望来临。这让周作人的小传中提到的"没有喝完的半瓶补剂"有了一层令人难以释怀的隐喻色彩。

在重读译稿和写作这篇译后记时，这种宿命论式的悲怆始终萦绕在我心里。

啄木的和歌，周作人译本在中文世界早已是不易之经典，按理说无须由后生晚辈另出机杼。不过 1985 年日本筑摩书房重新编纂了八卷本《石川啄木全集》，又有岩城之德、近藤典彦及美国的日本文化研究者、《明治天皇》的作者唐纳德·基恩的《石川啄木传》等著作不断问世，兼有互联网提供的海量文献，是周作人先生那一代译者没能来得及参考的。新译本的尝试，主要目的是向读者提供更多可供参考对照的信息。

在两部歌集之外，本书还收录了诗集《哨子与口笛》和政治评论文《时代闭塞之现状》。

《哨子与口笛》是一部未完成的自由体诗

集，生前未出版。啄木亡故后，收入由土岐哀果编纂、东云堂出版的《啄木遗稿》中。岩城之德对它的评价为："该诗集诞生于'大逆事件'之后的社会主义寒冬时代，虽然作为诗集尚未完成，但充分体现了啄木对社会主义的憧憬和艺术上的成就，是一部广受瞩目的佳作，打开了日本现代诗的新生面。"在我看来，单纯以诗而论，《哨子与口笛》在语言上的洗练程度或许无法与啄木的和歌相比，但更富有激情和对现实政治的关怀。对于不能满足于只取"纯真"或"童趣"片段，希望能更全面地理解诗人的思想与情感世界的读者而言有不可多得的价值。

在《哨子与口笛》的诗篇中，啄木表达了对社会主义和无政府主义等思想强烈的向往和认同。这种情感的急剧转向，实则与他人生最后几年日本政治环境的剧烈变化有关。1908 年7 月，代表藩阀、陆军等保守派势力的桂太郎二次组阁出任首相。桂太郎在此次首相任期内大幅推进日本的军国主义化，全面吞并了已经殖民地化的朝鲜半岛（日方称"韩国并合"，韩国称"庚戌国耻"），在国内成立了"警视厅特别高等课"（即俗称"特高"的秘密警察），监控和镇压社会运动。1910 年爆发"大逆事件"，警方借口有人谋划暗杀天皇，大举拘捕进步知识分子。最终在没有充分证据的前提下，社会主义思想家幸德秋水及其伴侣、女权主义活动家管野须鹤子等 26 人被以"大逆罪"检控，其中 24 人被判处死刑。

　　"大逆事件"被视为日本版的德雷福斯事件，显示了明治维新后日本政权在君主立宪表象下的横暴本质，对国际社会和当时的日本知识分子造成了巨大的震撼和分裂。成名的作家中，部分人试图避免批评体制，另一些人则心灰意冷，"退回"到江户时代町人文学的戏作传统中。啄木同情秋水，倾心于欧洲的社会主义和无政府主义等思想，对上述日本作家的取向均不满意。在秋水被捕之后，啄木秘密地阅读了大量秋水的著作和秋水所译的克鲁泡特金著作等"国禁"图书，这些心境在《哨子与口笛》以及《一握砂》的部分作品中（如151：梦见桂首相怪叫一声/攫住了我胳膊/惊醒在秋夜的凌晨两点）有所反映。而他最清晰的态度则表达于《时代闭塞之现状》中。

《时代闭塞之现状》表面上看是一篇文学评论，是对鱼住折芦《作为自我主张思想的自然主义》的商榷。实际上是一篇再三"和谐"，如同加密文章一般的政论，用非常隐晦的语言表

　　短歌是我，悲伤的玩具

达了啄木对桂政权的强权政治、吞并朝鲜以及"大逆事件"——总而言之，对"时代闭塞之现状"的强烈批判。从经历上来看，很难说啄木是一位"社会主义者"或"左翼作家"，而更像一个容易受到外界影响，同时拥有朴素正义感的热血青年。在日俄战争后，日本跻身"列强"的美梦正酣时，一起冲击性的社会事件对青年思想带来的剧震，至今读来仍觉得发人深省。

对于不熟悉日本近代史和近代文学史的读者来说，这篇文章读起来可能会比较困难。对于要不要将其收入本书之中，我也犹豫了很久。在翻译的过程中，我参考了日本文学史家近藤典彦的导读，尽可能详细地对"加密"之处做了注释，希望能协助感兴趣的读者看到一个更丰富、更立体的石川啄木形象。

曾让我低过哪怕一次头的人
都去死吧
我许下了愿望

眼泪眼泪
实在奇妙
用它洗过，心就变得轻佻